Bettina-Christin Lemke

Sterben in der Safe-Zone

Zeit für ein neues Leben 1

Bibliografische Information der Deutschen Nationalbibliothek: Die
Deutsche Nationalbibliothek verzeichnet diese Publikation in der
Deutschen Nationalbibliografie; detaillierte bibliografische Daten sind
im Internet über dnb.dnb.de abrufbar.

Verlag: BoD · Books on Demand GmbH, In de Tarpen 42, 22848
Norderstedt, bod@bod.de
Druck: Libri Plureos GmbH, Friedensallee 273, 22763 Hamburg
Umschlagfoto: KI basiert.

ISBN: 978-3-7597-4966-6

1.

Ein keuchendes Geräusch, gemischt mit erschrockener Angst ließ Victoria aufhorchen. Ein kühler Schauder lief ihr über den Rücken, doch da war nichts. Da konnte nichts sein. Sie war in der Safe-Zone, dem sichersten Ort der Welt. Brad, ihr Collie Rüde, hatte sie mitten in der Nacht geweckt und wollte raus. Das hatte er zuletzt als Welpe getan. Das war bereits die zweite Merkwürdigkeit des Tages. Und nun hörte sie ganz in der Nähe dieses, nicht zu dieser warmen Herbstnacht passen wollende Geräusch und erstarrte.

Brad stand mit gespitzten Ohren neben ihr. Auch seine Anspannung war nicht zu übersehen. Sie gab ihm ein Zeichen, er solle genau neben ihr bleiben.

Sollte sie ihrem Gefühl oder ihrem Verstand trauen? Nachschauen oder Verschwinden? Sie entschloss sich für den Verstand. Bisher war sie immer gut damit gefahren. Also ging sie noch ein paar Schritte weiter und schaute um die Ecke, wich aber sofort wieder zurück. Noch ein Schaudern.

Was sie gesehen hatte, war unmöglich. Es war ein Mann oder eine Frau? die mit dem Rücken zu ihr stand und eine andere Person, einen Mann, er war groß, mit einer Waffe bedrohte. Es gab keinen Schuss. Dann brach der Mann zusammen. Geräuschlos. Der oder die Schützin musste zuvor aus einem Hauseingang getreten sein, kurz vor dem

Moment, als Victoria als Beobachterin dazu kam. Brad stieß ein leises Knurren aus. Sofort gebot sie ihm still zu sein.

Jetzt hörte sie auf ihren Instinkt und der befahl ihr sofort zu verschwinden. Ohne ein Geräusch zu verursachen, trat Victoria rückwärts wieder um die Hausecke, drehte sich langsam um und ging wieder dorthin, woher sie gekommen war. Dorthin, wo noch vor einer Minute ihr Leben völlig in Ordnung war, dorthin wohin die Straße neben ihrer Straße in das Naturschutzgebiet führte. Denn in ihrer Straße war gerade ein Mord geschehen.

Jetzt wäre der richtige Moment die Security zu rufen, um von dem Vorfall zu berichten. Aber sie tat es nicht und das hatte nicht nur mit ihrem Instinkt, sondern auch mit klaren logischen Argumenten zu tun. Wenn jemand in dieser sicheren Zone in der Lage dazu war einen Mord zu verüben, diesen offenbar geplant oder zumindest in Kauf genommen hatte, der wird nicht davor zurückschrecken, Zeugen zu beseitigen oder Tatsachen zu verdrehen. Es sah definitiv nicht nach einer Affekthandlung aus.

Sie ging eine ganze Weile bis sie wieder das Meer sah, als wollte sie dem Täter Zeit geben, die Spuren zu beseitigen. Es war so grundfalsch und fühlte sich so richtig an.

Es war nicht Victorias Art in die Defensive zu gehen, doch jetzt erschien es ihr klug. Sie musste über ein paar Dinge nachdenken und dann überlegt handeln. Auch wenn sie über einen überdurchschnittlichen IQ verfügte, gab es hier in der Safe-Zone, doch einige, die ihr in dieser Beziehung klar überlegen waren.

Viele Leute gab es hier in der Gegend nicht, die einen Hund besaßen. Hatte die Person das Knurren von Brad gehört? Schwierig würde es also nicht sein, sie zu identifizieren. Vielleicht. Der jetzt tote Mann hatte sie vermutlich schon gesehen und es war möglich, dass in seinen Augen, der oder die Mörderin gesehen hatte, dass es einen Zeugen gab. Vielleicht wollte dieser ungewöhnlich große Mann gar zu ihr? Andererseits brauchte es schon eine gewisse kaltblütige Konzentration, einen anderen Menschen zu töten und das konnte vieles andere aus der Umgebung ausgeblendet haben. Ihre Gedanken rasten. Ihre antrainierten und stets zuverlässigen logischen Denkstrategien drohten tschari zu gehen.

In der Safe Zone gab es keine toten Menschen. Das gäbe zu viele schlechte Wellen. Hier gab es auch keine kranken, keine alten, keine armen und keine dummen Menschen. Und ganz sicher keine toten Menschen. Die Safe Zone war nicht nur sicher, sie war auch happy. Alles, was da nicht ins Bild passte, wurde lautlos entfernt. Aber nicht ermordet. Gewalt war hier ein absolutes Tabu. Alle, die sich nicht an diese eiserne Regel hielten, flogen recht schnell aus der Zone und alle wollten fast um jeden Preis hierbleiben.

Es gab noch eine weitere Merkwürdigkeit des Tages und nun erinnerte sie sich daran. Beim Aufräumen ihrer Jobdateien hatte sie ein paar Ein- und Ausreisen festgestellt, von denen sie nichts wusste, beziehungsweise bei denen sie einen anderen Verlauf empfohlen hatte. Ihre Chefin segnete das alles immer ab, im Normalfall folgte sie Victorias Expertise. Diese Häufung in den letzten drei Wochen war mehr als auffällig. Drei Personen, denen Victoria eine Absage erteilt hatte, bekamen die Genehmigung einzureisen und zwei Personen haben ohne Victorias Wissen die Zone verlassen. Das kam zugegebenermaßen etwas häufiger vor. Doch hier entsprachen die Begründungen nicht ihrem Kenntnisstand. Sie hatte mit einem jungen Mann gesprochen, der seine Familie durch einen Unfall verloren hatte und der nun aus familiären Gründen wieder nach Deutschland wollte, es gab da eine Frau, von der sie wusste, dass sie eine große Sicherheit suchte und dies absolute Priorität hatte. Sie wurde tatsächlich zweimal von unterschiedlichen Männern vergewaltigt. Nun hieß es, sie wolle heiraten. Alle hatten entweder mit der Pharmaindustrie oder mit dem Investmentbereich zu tun.

An diesem Tag hatte Victoria zu viel zu tun, um sich die Fälle näher zu betrachten. Nun würde sie es nicht mehr tun. Möglicherweise gab es einen Zusammenhang. Victoria hatte Angst. Das erste Mal seit gut zehn Jahren. Doch – wie sehr konnte sie sich auf die Berechtigung dieses Gefühls verlassen? Vielleicht hatte sie einen Schock und nahm nun alles verzerrt wahr. Ein bekanntes Phänomen in der Wahrnehmungspsychologie. Ihr Herz raste, ihre Gedanken waren fast außer Kontrolle. Was ging hier vor sich? Was ging in ihr vor sich?

Es waren sicher zwanzig Minuten vergangen, bis sie wieder vor ihrem Haus stand. Neben dem Haus, vor dem ein Verbrechen stattgefunden hatte. Alles wirkte ruhig und idyllisch wie immer. Ein paar kleine Boote, die in dem kleinen Hafen verankert waren, schaukelten in dem düsteren Licht der wenigen Straßenlaternen, das Meer plätscherte beruhigend an den Strand und sonst war die Stille absolut. Eine Zweiuhrnachtstille. Victoria wohnte am westlichen Rand von Quiberon Stadt, am Port Maria. Im Westen begann das große Naturschutzgebiet, welches sicher ein knappes Drittel der Halbinsel einnahm. Dort waren schroffe Klippen, die aber einen wunderbaren Blick über das Meer erlaubten.

Sie zwang sich langsam zu gehen, nicht übereilt die Tür ihres Apartmenthauses aufzuschließen, ruhig zu atmen.

Erst als Victoria die Tür ihrer Wohnung hinter sich geschlossen hatte, ließ sie das Zittern zu, das ihren Körper erfasste und sie schließlich noch im Flur zu Boden sinken ließ. Brad blieb so lange neben ihr, bis ihr Körper sich wieder beruhigt hatte, schlenderte dann zu seiner Decke, als wäre es völlig normal nachts einen Spaziergang zu machen und offenbar auch um ihr mittzuteilen, dass jetzt alles in Ordnung war. Doch eine Gefahr bestand nur für Brad nicht mehr.

Er war von Anfang an ein schlaues Tier gewesen und Victoria hatte ihn noch etwas schlauer gemacht. Manchmal zeigte er regelrecht hellseherische Fähigkeiten, manchmal reagierte er auf etwas, was Victoria zunächst nicht verstand, doch in der Regel kapierte sie, weshalb er sich in bestimmter Weise verhielt. Mal früher, mal dauerte es etwas länger.

Sie ließ die Erinnerung Revue passieren. Vielleicht hatte sie sich auch getäuscht? Also spulte sie diesen Film vor ihrem geistigen Auge wieder und wieder ab. Sie hatte sich dabei eine doppelte Dissoziation aufgebaut, damit die Panik nicht wiederkam. Sie schaute sich das Ganze in Zeitlupe an und im normalen Tempo, versuchte Details zu erkennen. Das Gesicht von dem Mann, der jetzt tot war, war unmöglich zu identifizieren. Aber er war groß, ungewöhnlich groß und kräftig. Die Bewegungen, wie er abwehrend die Hände nach oben zog, wirkten fahrig, nicht zum Körperbau passend, zumindest wirkte er nicht wirklich überrascht. Das Haar muss kurz gewesen sein, sonst hätte sie Strähnen gesehen, selbst um das verschattete Gesicht herum. Es gab natürlich hunderte von Männern, auf die diese Beschreibung zutraf.

Einer von ihnen war vor einigen Tagen in ihrem Büro. Ein Mann aus Hamburg. Aber ihr Büro lag am Isthmus. Außerhalb der Zone und kein Mensch kam ungesehen und unerlaubt in diese Zone. Sie hatten Kameras, Drohnen, wärmeempfindliche Geräte und den Bewohnern war ein Chip implantiert worden. Sein Aufnahmeverfahren war noch nicht abgeschlossen. Und dieser Mann war sicher wieder in Deutschland, um das Ergebnis dort abzuwarten und um dann seinen Umzug nach Quiberon vorzubereiten. Auch ein Amerikaner fiel ihr ein, auf den die Beschreibung zutreffen konnte. Er hatte sich beworben, wurde aufgenommen, aber sie hatte ihn hier nie gesehen. War der überhaupt noch da?

Sie würde es nicht wagen, sich über das Inselnetz oder gar ihren Bürocomputer einen Überblick zu verschaffen wer sich von diesen großen Kerlen wo aufhielt oder wer sogar plötzlich nicht mehr da war.

Irgendetwas ging in dieser Zone vor sich, was nicht in diese heile Welt passte. Etwas Schmutziges. Victoria hatte sich nie für Politik interessiert. Sie war immer froh und dankbar hier gelandet zu sein, in all diesem Luxus, der Übersichtlichkeit, der Fitness, dieser perfekten Welt. Immer schien die künstliche Intelligenz, die nahezu alles steuerte und das Management der Zone, welches von dieser eingesetzt wurde, sinnvolle Entscheidungen zu treffen.

Regieren schien so einfach zu sein und eine Wohltat für alle.

2.

Am Ende der langen Nacht wechselte Victoria von Tee zu Kaffee, machte sich zurecht. Nach einer ausgiebigen Dusche zog sich ein frisches weißes T-Shirt an, einen dunkelroten Hosenanzug, in ihr schulterlanges braunes Haar drehte sie ein paar lockere Wellen, die Augenringe unter den grünen Augen kaschierte sie mit Make up. Sie schminkte sich gründlich und war schließlich überrascht in ein ausgeschlafenes zufriedenes Gesicht zu sehen. Natürlich wollte sie wie gewohnt in ihr Büro. Die beste Option war, so zu tun, als hätte sie nichts gesehen, ihre persönlichen Sicherheitsmaßnahmen zu erhöhen und herauszufinden, was hier vor sich ging. Eine noch bessere Option wäre es mit ihren Kindern sofort zu verschwinden. Dieses Leben hinter sich zu lassen, da sie spürte, dass etwas Gewaltiges aus dem Ruder gelaufen war und sie mitzureißen drohte.

Aber sie wollte das nicht. Sie liebte dieses Leben. Sie wollte es fast um jeden Preis erhalten. Es musste wieder in Ordnung kommen. Sie wollte dafür sorgen, dass es wieder in Ordnung kam. Alles würde so werden wie früher. Alles konnte wieder gut werden.

Auf dieser Insel wollte sie bleiben, solange es ging, solange bis sie durch die Fitnesstests rasseln würde und sie auf das Festland, manche nannten es Old Quiberon, abgeschoben werden würde. Bis dahin würde noch viel Zeit vergehen. Sie war gerade Anfang vierzig, körperlich und geistig in Bestform und psychisch immerhin deutlich besser beieinander, als in den Jahrzehnten zuvor und als bei den meisten anderen Menschen hier und überall. Damals hatte sie nicht nur die Exklusivität gesucht, sondern auch die Sicherheit, die perfekte Welt, das hervorragende Bildungssystem für ihre Kinder. Hier hatte sie sie aufwachsen sehen wollen, hier mit ihrem Mann Silberhochzeit feiern. All das in der fröhlichen Abgeschlossenheit eines Luxusressorts, weit weg von der realen Welt mit all ihren Gefahren, Problemen und Katastrophen.

Victoria musste nicht auf ihren Terminkalender schauen, um zu wissen, wie der Tag verlaufen würde. Ein reiner Routinetag, wäre da nicht das Gespräch mit ihrer Vorgesetzten, hier in ihrem Büro, welches durch die vergangenen Tage und insbesondere durch die vergangene Nacht eine neue Bedeutung gewonnen hatte.

Anschließend war eine Bewerberin zu interviewen, dann galt es das Computerprogramm für die Ein- und Ausreisen zu überprüfen und sich vom Computerprogramm überprüfen zu lassen. Die vollständige digitale Prüfung, der Bewerber, die hier in der Safe Zone leben wollten, klappte noch nicht ganz optimal. Als Psychologin war Victoria dafür zuständig das Programm zu optimieren. Sie sollte also ihre eigene Stelle wegrationalisieren und war tatsächlich ein wenig traurig darüber. Bisher konnte das Programm noch nicht ganz selbstständig arbeiten. Mit den Fakten kam es natürlich zurecht, doch bei den Soft Skills, die hier durchaus eine Rolle spielten, scheiterte es immer wieder. Wie konnte sie ihm beibringen, dass es einen Unterschied gab zwischen nett und nett? Dass Freundlichkeit von hoher Bedeutung war, Altruismus aber nicht? Dass die Fähigkeit zur Teamarbeit essenziell war, nicht aber Angepasstheit?

Also machte sie sich auf den Weg zu ihrem Büro. Es lag am Isthmus, eigentlich außerhalb der Zone, da es für die Bewerber zugänglich sein musste. Gleichzeitig digital überwacht und observiert von ein paar Security-Leuten, die auf dem nahen ehemaligen Militärgelände auf einem Hügel in einer alten Burg ihr Hauptquartier hatten. Sie konnte mit dem Elektrorad rüberfahren, was sie meist auch tat. Das brachte ihr ein paar zusätzliche Fitnesspunkte ein, auch wenn die Strecke, einmal längst über die Insel, fast acht Kilometer betrug. Brad hatte ebenfalls keine Probleme mit der Strecke, obwohl er sich manchmal die Freiheit herausnahm, etwas herumzutrödeln und dann eine Weile nach ihr im Büro ankam.

Ihr Arbeitsplatz war in einem alten Café untergebracht, einer Beach Bar wie die alten Schilder zeigen, im Stil einer Bar aus Florida in Pastelltönen gehalten: Rosa, Hellblau mit kitschigen Flamingos an den Wänden. Man hatte ihr eine Renovierung versprochen. Zuvor würde sie aber vermutlich ihre Arbeit gewechselt haben. So eilig schien es niemand zu haben.

Nachdem sie das Programm geöffnet hatte, gefror ihr das Blut in den Adern. Jeff Gorden hatte laut der Auskunft des Computers seinen Antrag in der Safe Zone zu leben aus dringenden familiären Angelegenheiten zurückgezogen. War Jeff der Mann, dessen Ermordung Victoria letzte Nacht beobachtet hatte? Sie konnte sich natürlich auch irren. Es konnte auch jemand ganz anderes gewesen sein oder so ein merkwürdiges Spiel, worauf manche Safer kommen. Einige spielten gerne Life-Theater in der ganzen Stadt und vielleicht hatte sie so eine Szene beobachtet. Darauf war sie in der letzten Nacht gar nicht gekommen. Sie hatte es sofort sehr ernst genommen. Sie würde sich in den nächsten Tagen unauffällig bei dem Theater-Trupp erkundigen.

Jeff war Amerikaner. Kein Mensch dieser Welt ist so verrückt und brächte einen Amerikaner um. Die Amis brächten es fertig, so sauer zu werden, die ganze Safe Zone zu schließen oder sie dem Erdboden gleichzumachen.

Brads Anheben des Kopfes, seine aufgestellten Ohren kündigten einen bekannten Besuch an. Es gelang Victoria gerade so eben, ihren Gesichtszügen einen geordneten Ausdruck zu verleihen, sich ein wenig aufrechter hinzusetzen, einen tiefen Atemzug zu nehmen. In Sekundenschnelle sortierte sich Victoria innerlich, schob all die Zweifel und Ängste in eine hintere Ecke ihres Hirns und schloss das Programm.

Oksana hatte sich nicht die Mühe gemacht anzuklopfen. Schwungvoll ging die Tür auf, Oksana erschien. Sie hatte ein Lächeln aufgesetzt, und wünschte einen »Guten Morgen«. Makellos gekleidet in ein dunkelblaues Kostüm, dazu die klassischen Perlenohrringe, einer dazu passenden Kette, eine rosa Bluse, die ihr ein unkonventionelles frisches Aussehen verlieh. Das war typisch für ihre Chefin.

Kaum hatte Victoria, etwas erblassend den Gruß erwidert, kam Oksana zur Sache: »Victoria, so geht das nicht. Ich habe drei Fälle in der letzten Zeit nachbessern müssen. Du musst zusätzlich zur persönlichen Eignung stärker die Interessen der Zone berücksichtigen. Wir brauchen ein paar gute Leute«. Menschliche Eingriffe waren erlaubt, sofern man eine plausible Erklärung für die KI bereithielt, dies nicht zu häufig geschah und einer gewissen Logik folgte. Es war jedoch nur Managern gestattet. Ihr also nicht, Oksana schon.

Als erstes stand Victoria von ihrem Bürostuhl auf. Sie musste sich mit Oksana zumindest körperlich auf eine Ebene bringen. Sollte sie sich verteidigen? Ihre Schuld eingestehen?

Besserung geloben? All das entsprach nicht ihrem Wesen und würde sie nur noch mehr schwächen. Also versuchte sie es mit dem alten Trick der Ich-Botschaft. So würde Oksana an Schwung verlieren und sie selbst hatte noch einen Moment mehr Zeit, sich eine Strategie zurechtzulegen: »Oksana, du sagst, ich achte zu sehr auf die Persönlichkeit, statt auf für uns passende Bewerber. Das besorgt mich. Ich würde mir wünschen beides in die Entscheidung einzubeziehen, weil wir nicht nur gute, sondern auch gute Menschen brauchen.«

Victoria sah, dass Oksana eine scharfe Erwiderung auf der Zunge lag. Und ein Befehl. Doch ihr Führungstalent zwang sie dazu noch eine Schleife zu drehen: »Victoria, du hast ein ausgezeichnetes Gespür für Menschen. Ich bewundere dich dafür. Ohne dich wären ein Haufen Raufbolde in die Zone gelangt.« Oksana lächelte warm in ihre Richtung und fuhr fort: »Gleichzeitig haben wir eine Verantwortung für unsere monetären Interessen. Du weißt, dass wir Geld für die Forschung brauchen, wir brauchen die Forschung, um vielen, vielen Menschen zu helfen. Auf der ganzen Welt. Das ist doch auch dein Anliegen.«

Da konnte Victoria natürlich nicht widersprechen, was Oksana wusste, da sie sich mit einer Mikrobewegung Richtung Tür drehte. »Ja, natürlich. Ich werde meine Kompromisslinie etwas weiter ausbauen.«

»So machen wir es«, flötete Victorias Chefin in ihre Richtung, zeigte mit der rechten Hand wie beiläufig und nur kurz, aber zu lange, um es eben nicht als Zufall erscheinen zu lassen auf ihre Augen. »Ich habe dich im Blick«, wollte sie damit sagen. Oksana führte den Umdrehimpuls zu Ende und war wieder verschwunden. Brad legte seinen Kopf wieder ab.

Mit Atemübungen würde sie jetzt nicht weiterkommen, um sich wieder zu beruhigen. Also holte sie ihre Yogamatte unter einem Regal hervor, zog sich Schuhe und Strümpfe aus und begann mit ein paar Balanceübungen. Vom Baum in den Krieger drei, dann in den Halbmond und wieder zurück. Einen Sonnengruß zwischendurch, dann das Gleiche auf der anderen Seite.

Gut. Es hatte funktioniert. So etwas wie Ruhe glitt wie eine zähe warme Flüssigkeit durch ihren Körper. Sie würde später über all das nachdenken. Später. Nun hatte sie einen Termin mit einer Bewerberin. Eine Biochemikerin. Wenn das ein Test war, dann musste sie Oksana für die Gründlichkeit ihres Vorgehens Anerkennung zollen.

Keine zwanzig Minuten späte klopfte es. Aufgeräumt lächelte Victoria und rief fröhlich: »Herein.« Eine schlanke Frau Anfang dreißig betrat ihr Büro. Das musste Sonja sein. Eine Bewerberin, von der Victoria ausging, sie würde problemlos aufgenommen werden. Sie hatte eine Weile in England studiert, sprach vier Fremdsprachen, war gesund und mäßig sozial engagiert. Das Computerprogramm »Einwanderung« hatte bereits sein okay gegeben. Aber Victoria hatte das Programm zu überprüfen. Sonja betrat den Raum, ebenfalls mit einem Lächeln, und Victoria begann schon damit sie zu mögen, da hörte sie ein leises kaum hörbares Knurren. Der untrügliche Hinweis ihres Hundes für ungeeignete Bewerber*innen.

»Guten Morgen«, sagte Sonja und ihr Lächeln wurde noch ein wenig strahlender.

»Guten Morgen«, antworte Victoria, ihr Lächeln beibehaltend, »Sonja, bitte nimm doch Platz.« Victoria kam sich vor wie bei der Leckortung. Irgendwo trat Wasser ein, doch sie wusste nicht wo und musste nun jeden Quadratzentimeter durchpflügen, um die undichte Stelle zu entdecken. Schade. Sonja wirkte nett. Später musste sie eine Entscheidung treffen. Sonja trotz dieser Charakterschwäche, die vorhanden war in die Zone zu lassen oder sie fortschicken und eine weitere Rüge von Oksana riskieren.

Nun, erst einmal musste sie fündig werden und dann sehen, wie schlimm es war.

Sonja erzähle freimütig und unterhaltsam aus ihrem Leben. Beide Frauen lachten über Anekdoten aus Sonjas Unileben, ihrer Familiengeschichte und der Biochemie. »Wo ist die verdammte Leiche?« fragte sich Victoria und führte unbemerkt Sonja immer weiter runter in die Tiefen ihrer Seele. Dabei testete sie diskret die verschiedenen Ausschlusskriterien ab: Neigung zur Gewalt, Neigung zu anderen kriminellen Handlungen, unentdeckte Erkrankungen, gleich physischer oder psychischer Art, Unwahrheiten im Lebenslauf, Suchtproblematiken, selbst wenn sie lange zurücklagen, frühkindliche Traumata.

Als sie das Thema Ehrgeiz besprachen traten Sonja plötzlich Tränen in die Augen: »Ich war in der vierten Klasse«, erzählte sie. Sie hatte eine Drei in Mathe geschrieben und das war undenkbar. Ihre Eltern würden enttäuscht sein, sie würde noch ein weiteres Stück ihrer Liebe verlieren. Um das hinauszuzögern, nahm sie auf dem Nachhauseweg den Weg durch den Wald. An einem etwas größeren Wasserloch, einem Miniteich, hielt sie an. Wie ferngesteuert fing sie einen Frosch, blickte in die verängstigen Augen. Irgendwo hatte sie mal ein Video über die Spezialität Froschschenkel gesehen. Innerlich erkaltend riss sie dem Frosch das rechte hintere Bein raus. Erschrocken über sich selbst schmiss sie das Tier zurück in das Wasser und floh. Sie hatte einen Moment der Macht gespürt in diesem Meer von Ohnmacht und Abhängigkeit. Sie hatte das nie wiederholt, hatte gleichzeitig Angst vor dem, was da offenbar in ihr war. Das Böse? War sie böse?

Victoria beruhigte Sonja. Es war ja nur eine einzelne Episode. Das passiert jedem einmal, wissend, dass es nicht jedem passiert und absolut nicht akzeptabel ist, ganz gleich, wie lange dies zurücklag und wie die Umstände waren.

Freundlich bugsierte sie Sonja zur Tür hinaus, versprach ihr, sich baldmöglichst zu melden, warf Brad einen kleinen vegetarischen Kauknochen auf seine Hundedecke und versuchte eine Entscheidung zu treffen.

Normalerweise hätte sie, ohne zu zögern den Ablehnungsbescheid ausgestellt. Es war aber nicht normalerweise. Ihren Instinkten trauend und von dieser unbestimmten Angst in ihrem Rücken, dagegen konnten auch keine Balanceübungen etwas ausrichten, machte sie sich daran, Sonja die Zusage des Programms zu bestätigen. Sie hasste sich dafür. Sie war eingeknickt und es war möglich, dass es nicht das einzige Mal bleiben würde. Sie liebte ihren Job und Oksana hatte ja im Prinzip recht, redete sie sich ein, um die Selbstverachtung in ein weiches Tuch zu legen.

Immer wieder wollten ihre Gedanken zur letzten Nacht zurückkehren, immer wieder unterband sie das. Sie brauchte weitere Informationen. Sie musste die Lage vernünftig einschätzen, bevor sie etwas unternahm. Auch in dieser Hinsicht war es besser Oksanas Wünschen Folge zu leisten.

Dennoch galt es, dem Computerprogramm zu erklären, dass Tierquälerei ein No Go war. Alle, die irgendwann einmal ein Tier gequält hatten, hatten das Potenzial zu einer antisozialen Persönlichkeitsstörung mit einem Hang zu Gewaltstraftaten. Nichts davon wollten sie in der Safe-Zone haben. Eigentlich konnten sie das Risiko nicht eingehen und es gab mehr als genug Bewerber*innen. Doch Victoria hatte bereits begriffen, dass bei Biochemikerinnen ein wenig andere Maßstäbe galten und sie musste Oksana ihre Bereitschaft zeigen, die Bedarfe der Zone mehr zu berücksichtigen.

Victoria blätterte in den Checklisten für Tierquälerei, um ein paar Fragen zum Fragebogen des Computerprogramms hinzuzufügen: Lücken im Bereich des Gefühlslebens, Fehlen von Gewissensbissen, Mangel an Empathie, heuchlerische, oberflächliche Persönlichkeit, Impulsivität, ein überzogenes Stimulationsbedürfnis, das ständige Gefühl von Langeweile, das Fehlen von realistischen Zielen, Überbewertung von Beziehungen, auch wenn es die eigenen Eltern sind. Daraus ließen sich doch bestimmt ein paar Fragen basteln, um von vornherein diese Menschen auszuschließen.

Als sie damals vor gut zehn Jahren mit ihrem Mann Dylon in die Safe Zone kam, gab es all so etwas noch nicht. Ein Job, der versprach eine Menge Geld zu generieren reichte aus, der Rest war gleichgültig. Dylon würde es vermutlich nie in die Safe-Zone schaffen, würde er sich jetzt bewerben. Zu egozentrisch, zu narzisstisch mit einem Hang zur Gnadenlosigkeit und Gewalt. Doch um über die neverending Story mit Dylon nachzudenken, war nun wirklich nicht der richtige Zeitpunkt. Sie hatte eine Entscheidung getroffen und zu 80% war sie damit zufrieden.

Gegen halb elf hatte sie schon einigermaßen zufriedenstellende Fragen formuliert und konnte sie nach einem späteren weiteren Blick darauf zur Teststelle auf das Festland senden. Erst wenn sie die Fragen validiert hatten, konnten sie in den offiziellen Fragebogen eingefügt werden, der neben den anderen Instrumenten nicht einmal den Großteil der Bewerbungsunterlagen ausmachte. Neben offiziellen Zeugnissen und Bescheinigungen gab es noch den Stimm- und Sprachtest, natürlich die Big 5 Analyse, um stets einen ausgewogenen Mix an Persönlichkeiten in der Zone zu haben, bestimmte Konstellationen aber auch auszuschließen, den Rorschachtest, Fitnesstests, Intelligenztests, Handschriftproben, Gesundheitsbescheinigungen. Es war wirklich komplex geworden. Psychische, physische Gesundheit und ein Job mit Potenzial waren entscheidend. Ansonsten kam es überhaupt nicht zu den anderen Tests. Hier war nicht nur die Zone perfekt, sondern auch die Menschen. Es gab keine alten, kranken, armen, ungebildeten oder irgendwie gestörten Menschen.

Ab und zu kam darüber eine Diskussion auf, ob nicht ein ausgewogener Mix die Zone vielleicht sogar bereichern könnte, doch schnell verstummte das wieder. Das Auswahlverfahren beinhaltete eine klare Neigung zum Bekenntnis zur Elite. Das hier war kein Trainingsort für Sozialverhalten, sondern ein Ort für große Ideen und ein Ort, um diese zu realisieren. Zum Wohle der Menschheit. Soviel Ethik sollte es dann doch sein. Zum Beispiel wurden hier keine Waffen entwickelt, keine genmanipulierten Pflanzen oder Tiere, Forschungen, die Umwelt- oder Menschenrechtsverletzungen zu Folge haben könnten, nichts mit Tabak, Kernenergie, Pornografie und Alkohol. Sie waren die good guys, auf hohem Niveau.

Dann war da natürlich noch die Million, die die Bewerber quasi als Eintrittsgeld mitzubringen hatten. Für junge Leute und sie wollten natürlich in erster Linie junge Leute, bot man einen günstigen Kredit an. Hinzu kam der Zwang zum Immobilienerwerb, womit quasi fast eine zweite Million bereitzustellen wäre. Dennoch hatten sie keinen Mangel an Bewerber*innen. Allein in Deutschland gab es über 27.000

Millionäre, doch immer öfter nahmen sie auch Menschen aus Frankreich, England, sogar Amerika auf. Und sie hatten nur begrenzten Raum. Zurzeit hatten sie 3004 qualifizierte voll erwerbstätige Personen, 3947 Kinder und Jugendliche und 2997 Personen an Personal. Sie waren damit mehr oder weniger an ihrer Ziellinie. Viel größer wollten sie nicht werden. Zu unüberschaubar, zu komplex, die Gefahr von möglichen Störungen und Konflikten wuchs mit jeder weiterer Person. Gleichzeitig brauchten sie selbstverständlich Geld. Sie generierten viel Geld, doch war der Schuldenberg, den sie bei der französischen Regierung abzutragen hatten, für die Pacht der Insel und die Sonderrechte, die ihnen eingeräumt, wurden, gewaltig.

Sie konnten sich dieses Auswahlverfahren leisten und bisher klappte das auch ganz gut. Geld, Jobpotenzial, Bildung, Fitness und ein ausgeglichener Charakter. Dafür hatte Victoria zu sorgen. Denn natürlich wollten sie wenig gebildete Popsternchen oder Fußballspieler vermeiden, die außer Geld nur wenig beizutragen hatten.

Auf die individualisierte persönliche Tagesempfehlung brauchte Victoria nicht zu schauen, um zu wissen, dass nun ihre erste offizielle Bewegungseinheit anstand. Die sogenannten Tagesempfehlungen waren eigentlich Tagesbefehle. Man konnte natürlich das ein, oder andere auslassen oder ersetzen, doch lange ging das nicht gut. Das machte sich dann in den zahlreichen Tests schnell bemerkbar, die sie alle mehr oder weniger ständig zu absolvieren hatten: Fitnesstests, Blutkontrollen, Urintests und neuerdings ab und zu sogar Persönlichkeitstest inklusive eines Checks, der über mögliche psychische Erkrankungen Auskunft geben konnte. Victoria war gespannt darauf, wann die Tests so gut waren, dass Dylon rausflog und es ihm nicht mehr gelang, sie zu überlisten.

Sport zu betreiben war hier für zehn Einheiten in der Woche verpflichtend. Sie hatte sich für Joggen, Tennis und Yoga entschieden, außerdem besuchte sie regelmäßig eines der vielen Firnessstudios, das war für alle obligatorisch. Ebenso der regelmäßige Besuch des Schwimmbads. Jetzt war Joggen dran. Die Zone hatte auf ihrer Insel an der französischen Atlantikküste, die früher Quiberon hieß, mehrere Joggingstrecken durch das Naturschutzgebiet oder am Meer, oft an den Klippen entlang, durch kleine Wälder, über Felder und Wiesen. Es gab sogar einen Weg, der um die ganze Insel herumführte. Das waren knapp 33 Kilometer. Sie hatte einen jährlich stattfindenden Marathon, der diese Strecke nahm. Den Quiberthon. Und alle nahmen daran teil. Und alle mussten ihn bewältigen.

Jetzt lief sie ihre übliche Büroroute zum Plage du Fozo und zurück, insgesamt gute sieben Kilometer. Sie liebte den Spätsommer, wenn sich die Landschaft Ende September auf Herbst und Winter vorbereitete. Das Klima war deutlich besser als in Deutschland, wenn es auch mehr Wind gab, es im Sommer selten wirklich heiß wurde, fielen die Temperaturen im Winter so gut wie nie unter zehn Grad.

Immer noch liebte sie den allgegenwärtigen Blick aufs Meer, die vielen Strandbuchten, die dann oft in eine zerklüftete wilde Felsenlandschaft übergingen. Sie hatte diese Insel schon geliebt, als sie das allererste Mal, vor gut zehn Jahren, über die schmale Straße, die sie mit dem Festland verband, herkam, zu ihrem eigenen Vorstellungsgespräch, Dylon und die damals noch kleinen Kinder im Schlepptau. Henry war neun und Mary sieben Jahre alt. Auch wegen den Kindern hatten sie sich, wie die meisten Leute, für den Umzug entschieden. Ein fast perfektes Erziehungssystem hatte die Kinder erwartet, mit einer nahezu 100-prozentigen Erfolgsgarantie. Damals hatte das Bewerbungsgespräch eine knappe halbe Stunde gedauert, bei Dylon etwas länger, weil das, was er konnte und was er tat, etwas schwieriger zu erklären war und dann waren sie drin.

Es war eine Umstellung, die Kinder nicht mehr im Haus zu haben, aber es war auch eine Erleichterung. Alle Kinder lebten in Kinderdörfern im Westen, dort wo zu großen Teilen das Naturschutzgebiet ist. Die pädagogische Betreuung begann bei den Säuglingen und Kleinkindern mit einem Schlüssel von drei zu eins, dann bei den Kindergarten- und Grundschulkindern eins zu fünf und bei den älteren Kindern und Jugendlichen lag er bei eins zu acht. Alle Betreuungskräfte waren gut ausgebildet und orientierten sich an dem Erziehungsleitbild, welches auf Wertschätzung beruhte und die Förderung von Begabungen als Schwerpunkt hatte.

Natürlich konnte man jeder Zeit sein Kind besuchen oder etwas mit ihm unternehmen. Die Richtschnur lag bei zehn Stunden in der Woche bei den jüngeren Kindern und die älteren Kinder lebten zunehmend in ihrer eigenen Welt und zeigten deutlich weniger Interesse an dem Kontakt zu ihren Eltern. Nahezu alle Kinder entwickelten sich ausgezeichnet und es war eine Freude, ihnen dabei zuzusehen.

Mary hatte immer mal wieder Schwierigkeiten gezeigt, zog sich oft zurück, grenzte sich selbst aus, wirkte manchmal etwas unglücklich, doch auch sie nahm mit Leichtigkeit alle Hürden, hatte hervorragende Zeugnisse und so hatte sie mit den Pädagogen vereinbart, ihr das Recht auf Privatsphäre und ein gewisses Maß an Traurigkeit einfach zu gewähren.

Wenn sie noch etwas weiterlief, wäre sie bei Mary. Henry studierte inzwischen in Rouen, doch Mary war noch hier und bereitete sich auf das Abitur vor. Sie wäre jetzt in der Schule. So lief Victoria zum Büro, duschte, um wieder runter nach Quiberon Stadt zu fahren zum Lunch.

3.

»Hi, Victoria, schön dich zu sehen«, hallte es quer durch das Restaurant, welches sie eine knappe halbe Stunde später betrat. »Machst du mir die Freude, gemeinsam mit mir zu speisen?«

»Hallo, Josef, gerne«, antworte Victoria fröhlich und ihr lief ein eiskalter Schauder über den Rücken.

Josef war ein guter Freund ihres Mannes. Fast genauso ein Hallodri wie Dylon, auf jeder Party der Mittelpunkt, stets mit allen wichtigen und unwichtigen Informationen versorgt. Nur dass Josef, die wirklich wichtigen Informationen bekam und sie für sich zu nutzen wusste. Er war deutlich näher an der Macht. Dylon wollte eigentlich nur seinen Spaß.

Und nun war Josef hier. Allein, was nicht gerade seine Art war. War das Zufall? Oder hatte es mit den Ereignissen der letzten Nacht zu tun?

Kaum, dass sie Platz genommen hatte, erschien auf ihrem Handy die für sie individualisierte Speisekarte. Man musste kein Ernährungsfachmann sein, um von der Karte Rückschlüsse auf das eigene Gewicht und auf mögliche Mängel ziehen zu können. Statt dem üblichen Obstsalat als Dessert war heute Sojaobstquark vermerkt, was wohl bedeutete, sie hatte etwas an Gewicht verloren. Sie entschied sich für den mit Ziegenkäse überbackenen Gemüseauflauf, einen halben Liter Apfelschorle und eben jenen Obstquark. Josef war etwas fülliger. Auf seinem Teller lag wenig später ein gemischter Salat mit Essig-Öl-Dressing und eine Scheibe geröstetes Vollkornbrot. Daneben eine Weinschorle mit verschwindend wenig Wein, wie es schien.

»Victoria, meine Augenweide, wie geht es Dir?« Nach ein wenig Smalltalk, währenddessen Victoria extrem aufmerksam war, gleichzeitig darum bemüht, lässig, locker und lustig zu wirken, stellte Josef eine Frage, die ihre Alarmglocken schrill klingeln ließen: »Wie ist das eigentlich so mit einem Hund zu leben? Ist es anstrengend? Ich meine die müssen ja ständig raus?«, während er zu Brad schielte, der sich nahezu unsichtbar zwischen Tisch und Wand gelegt hatte.

Victoria wusste, dass Josef wusste, dass es genügend Personal für solche Sachen gab. Die paar tausend Menschen, die hier beschäftigt waren, die ihre Apartments säuberten, ihre Wäsche wuschen, in Restaurants arbeiteten, für ihre Mobilität sorgten, als Sekretäre arbeiteten, einkauften, Dinge von hier nach dort brachten, für den Landschaftsschutz sorgten und etliche Jobs mehr. Die Arbeitsplätze waren beliebt, auch wenn sich die Arbeitnehmer schon etwas gläsern machen mussten. Sie bekamen ein überdurchschnittliches Gehalt, es wurde darauf geachtet, dass niemand zu viel arbeitete, niemand ausgenutzt wurde und auf persönliche Belange wurde Rücksicht genommen. Auch das organisierte ein Computer lautlos und nahezu perfekt.

»Aber nein, es gefällt mir mich draußen zu bewegen und wenn ich mal zu viel zu tun habe, machen das die Leute vom Service. Wir haben doch extra ein paar Tierbetreuer eingestellt.« Um ein wenig Verwirrung zu stiften, erzählte Victoria noch von ein paar Nachbarshunden. Ja, einer musste sogar nachts ab und zu mal raus. Doch Brad war ja ein nahezu perfekter Hund mit wenig Ansprüchen.

»Ja, offenbar gefällt dir die Bewegung draußen«, meine Josef und schielte dabei etwas neidisch auf ihren Obstquark, »deswegen denke ich ja darüber nach, mir auch einen Hund anzuschaffen. Cindy ist da noch ein wenig skeptisch. Aber vielleicht kommen wir einfach mal bei dir vorbei.«

»Klar, gerne«, antworte Victoria, »ich mache uns einen leckeren Salat«. Diese Spitze konnte sich Victoria nicht verkneifen. Und freute sich darüber, als Josef sich ein gequältes Lächeln abrang: »Das wäre toll. Ich melde mich. Und nun geht es wieder frisch gestärkt an die Arbeit. Bis bald.«

»Bis bald«, Victorias Lächeln hätte kaum falscher sein können, doch Josef war nicht der Typ Mann, den das interessierte. Er sah nach oben gezogene Mundwinkel und fühlte sich wie ein Held.

Auch Victoria verließ das Restaurant. Sie musste ihre Gedanken ordnen und das klappte am besten, wenn sie mit Brad am Klippenrandweg entlangspazierte.

Und tatsächlich: Der Blick über das Meer beruhigte sie. Die sichtlich gute Laune von Brad ließ sie noch weiter entspannen. Ihre latente Höhenangst schob sie beiseite, indem sie sich eher auf die Weite des Meeres konzentrierte, denn auf den Abgrund. Was wusste sie also? Was waren die Fakten?

Sie hatte einen Mord beobachtet. Der Tote war vielleicht der Amerikaner. Josef hatte sich auffällig verhalten. Es konnte sein, dass er etwas mit dem Mord zu tun hatte und herausfinden wollte, ob es eine Zeugin gab. Ob sie etwas gesehen hatte, präzisierte sie. Josef arbeitete hier in der Safe Zone als Investmentbanker. Er hatte die Aufgabe, das Geld der Safe Zone zu vermehren, Märkte zu beobachten, um allerlei Produkte der Safe Zone vom Computerprogramm, über Softwarelösungen, zur Entwicklung pharmazeutischer Produkte, Prototypen zur Robotertechnik, Romane, Filmskripte, Firmenberatungen aller Art, der Entwicklung aller möglichen Produkte im Bereichen Chemie oder Biologie, Betreuung von Immobilien und etliches mehr zu vermarkten. Josef hatte eine gute Nase für Trends und lohnende Geschäfte.

Wollte Jeff in der letzten Nacht gar zu ihr? Vielleicht war es gar nicht der Amerikaner, sondern ein anderer Mann. Sie versuchte sich an das Gespräch mit ihm zu erinnern. Er war Chemiker. Er wollte gerne hier leben. Er war ledig und hatte keine Kinder, obgleich sie meinte einen zarten weißen Streifen zu Beginn des linken Zeigefingers entdeckt zu haben. Jeff war außergewöhnlich fit, hatte den Fitnesstest mit Bravour bestanden, was für sehr erfolgreiche Wissenschaftler eher ungewöhnlich war. Kein Kunststück hatte sie damals gedacht, er hatte ja keine Familie. Er wurde aufgenommen, doch bereits drei Tage nach seinem Umzug war er wieder weg. Die Million hatte er zurückbekommen. Es gab so eine Klausel im Vertrag, auch wenn das bisher so gut wie nie vorgekommen war.

Ihr wollte kein Grund einfallen, weshalb Jeff zu ihr wollte, sie hatte nichts mit den Chemikern zu tun. Die einzige Verbindung, die ihr einfiel, war Josef, aber die war schwach. Josef kannte sie nur durch Dylon und es wäre ihr lieber, sie würde ihn überhaupt nicht kennen.

Es stand zur Diskussion, eine weitere Insel zu pachten. Die französische Regierung hatte ihnen eine Obergrenze von 10.000 Personen auf Quiberon festgelegt. Da waren sie nun kurz davor. Sie wollten expandieren, sie hatten genug Bewerbungen, sie wollten ihre Idee leben und in die Welt bringen. Für eine weitere Insel brauchte es viel Geld.

Victoria begann zu bereuen, dass sie sich stets aus politischen Fragen herausgehalten hatte. Sie hatte immer nur für sich und ihre Familie das bestmögliche Leben führen wollen, doch nun bedauerte sie, sich diesen eklatanten Mangel an Informationen angehäuft zu haben. Sie war weder ein idealistischer Typ noch jemand, der gerne Dinge für andere Menschen entschied.

Sie würde sich also umhören müssen, was hier vor sich ging und dazu alle zur Verfügung stehenden Kanäle nutzen. Von der Yogagruppe bis zu ehrenamtlichen Tätigkeiten, von Freunden zu Zufallsbekanntschaften. Und sie würde neue Kontakte knüpfen und zusätzlich Verbündete finden müssen. Gleichzeitig hoffte sie, dass die Zeit, die das alles brauchte, ausreichen würde, bevor Schlimmeres passierte.

Die Safe Zone war ihr Zuhause. Das Beste, was sie je hatte. Sie hatte die Zone mit Leben gefüllt und durch ihr vorbildliches Verhalten zum Erfolg beigetragen. Sie liebte die Sicherheit, die Ordnung, die Abwesenheit von Schmutz, Krankheit und Armut. Sie wusste zwar, dass es das alles dort draußen nach wie vor gab, doch hier gab es nichts davon. Sie konnten, wenn es funktionierte, ein Vorbild für die ganze Welt sein. Sie konnten die Welt besser machen. Es ging um viel mehr, als um ihr beruhigtes Leben.

Zumindest war sie offenbar nicht entdeckt worden. Ansonsten wäre Josef nicht zum Vorfühlen aufgetaucht. Sie hätten gleich gehandelt. Was hatten sie erwartet? Dass sie sich Josef anvertraute, sie hätte einen Mord beobachtet? Ausgerechnet Josef?

4.

Als sie nach Hause kam, entdeckte sie eine Einladung in ihrem E-Mail-Account. Eine der zahlreichen Freizeitgruppen stellte ein Echtzeit-Kriminalspiel vor, bei dem auf der ganzen Insel ein Kriminalfall nachgestellt wird und alle sollten dann versuchen, den Fall zu lösen. Jeder war gleichzeitig Mitspieler und Ermittler. »Ja«, dachte Victoria, »daran bin ich auf jeden Fall interessiert.«

Entweder es war ein weiterer Versuch sie zu verwirren oder es war tatsächlich so, dass sie in der letzten Nacht einen Fake-Mord beobachtet hatte, den Teil einer Geschichte, einen Teil eines Theaterstücks. Oder das eine hatte mit dem anderen nichts zu tun. Reiner Zufall. Doch – so viele Zufälle gab es in der Safe Zone nicht.

Normalerweise wurden zu größeren Events kultureller Art Einladungen von der Verwaltung verschickt. Sie waren genauso auf die persönlichen Wünsche und Bedürfnisse abgestimmt, wie die Speisekarte im Restaurant. Doch war es durchaus üblich, dass sich kleinere Freizeitgruppen zusammentaten und diese zu einer bestimmten Aktivität einluden. Es gab eine Menge sportlicher Wettbewerbe, neben dem Quiberthon, einen Triathlon, das Querfeldeingolfturnier, Surfevents oder kulturelle Veranstaltungen kleinerer Art wie Lesungen, Theateraufführungen, Ausstellungen.

Nun war es Zeit, zur Schule zu gehen. Es waren etwa 750 schulpflichtige Schüler*innen hier. Das ergab so ungefähr ein dreizügiges Schulsystem von der ersten Klasse bis zum Abitur. Die Schule befand sich am Rand des Naturschutzgebietes mit ein- bis zweistöckigen Gebäuden, für jede der drei Gruppen einen richtiger Schulcampus mit Cafeteria, Aufenthaltsräumen, Sportstätten, Versammlungsräumen, Ateliers, Musikräumen, Räumen für naturwissenschaftliche Experimente, personell und materiell hervorragend ausgestattet.

Feste Klassen gab es nicht mehr. Die Lehrpläne wurden, selbstverständlich mit Hilfe eines Computerprogramms, individualisiert. Es gab Leistungsgruppen, Neigungsgruppen, aber auch Zufallsgruppen, um den Schüler*innen neue Impulse zu geben. Der Unterrichtsstoff ging weit über die klassischen Lehrpläne hinaus. Natürlich wurde grundsätzliches Wissen unterrichtet, doch konnte es vorkommen, dass ein sechzehnjähriges Mädchen einen Kurs in Astrophysik erhielt, wenn ihre Interessen und ihre Fähigkeiten sie dafür befähigten. Ganz wie der alte Pädagoge Pestalozzi es sich gewünscht hatte, wurde Bildung mit Kopf, Herz und Hand ermöglicht.

Das allgemeine Ziel war eine ganzheitliche Bildung zur Stärkung der individuellen Persönlichkeit und gleichzeitig die Befähigung für das selbstständige und kooperative Wirken in einem demokratischen Gemeinwesen. In der Schule wurde also ebenso so gegärtnert, wie höhere Mathematik erlernt. Mal- Schreib- und Glückskurse waren genauso selbstverständlich wie Chemie oder Geschichte. Es wurde selbstverständlich eine große Vielfalt von Sportkursen angeboten mit allen erdenklichen Sportarten. Nach dem gleichen Prinzip der Leistungs-, Neigungs- und Zufallsgruppen.

Schulstunden gab es natürlich auch nicht mehr. Manche der Kurse dauerten ein paar Vormittage, andere ein paar Sunden an verschiedenen Tagen und wieder andere eine ganze Woche oder länger. Monatlich gab es für jedes Kind einen neuen Stundenplan, diese wurden anschließend von ihnen auch bewertet. So wie auch die Leistungen der Schüler*innen ständig bewertet wurden und Eingang in die neuen Stundenpläne fanden.

Die drei Stufen waren in etwa dem Alter nach an verschiedenen Orten, doch nahe beisammen untergebracht: Premier, deuxième, troisième niveaux. So etwa von fünf bis zehn Jahren im premier Niveau, von zehn bis fünfzehn das deuxième Niveaux und die Älteren Schüler*innen im troisième. Die Ergebnisse waren beeindruckend. Obwohl der Lehrplan viel umfangreicher war, machten viele mit siebzehn Jahren ein hervorragendes Abitur.

Victoria unterstütze die Schulpsychologen, wenn diese im Urlaub oder krank war oder, wenn es wie jetzt viel zu tun gab. Wie sie war sie dann zuständig für individuelle Beratungen. Sie sollte aber auch eigenen Unterricht oder AGs gestalten und leiten. In diesem Schuljahr leitete sie zwei AGs in der deuxième. Eine Kommunikationsgruppe mit dem Titel: »Und was meinst Du?« Schülerinnen durften sich selbst Themen suchen, über die sie sprechen wollten. Außerdem eine Persönlichkeitsentwicklungs-AG mit dem Titel: »Wer bin ich? Wie will ich sein?« Nun wurde ihr auch noch nahegelegt, einen Psychologiekurs:»Grundlagen der Psychologie« zu entwickeln und anzubieten.

Zu den didaktischen Anforderungen gehörte es, sowohl Selbstlernmaterialien zu entwickeln, die natürlich stets so viele Sinne wie möglich ansprechen sollten, als auch Gruppendiskussionen zu leiten oder einen Experimentier-

Workshop zu begleiten. Sie war hier also ziemlich eingespannt.

Heute war die »Was meinst du?« AG dran. Manchmal gab Victoria auch Themen vor, von denen sie annahm, sie könnten für die Schüler*innen interessant sein. Ethische Fragen etwa nach Gleichheit und Gerechtigkeit, Zivilcourage, Uniformitätsdruck, Freunde finden und ähnliches. Hauptsächlich war dies allerdings ein Kommunikations- und Toleranztraining.

Nach der üblichen Blitzlichtrunde, in der Jede*r kurz über sein derzeitiges Befinden sprach, bat Victoria um Themenvorschläge. Margit, eine meist fröhliche Schülerin mit einem Pferdeschwanz schlug vor, über das Thema Lügen und Notlügen zu sprechen. Eine gute Idee fand Victoria. Auch die anderen Jugendlichen stimmten zu. Margit durfte mit ihren Betrachtungen zum Thema anfangen. Sie erzählte von einer früheren Freundin, die ihr lange offenbar freundschaftlich gesinnt war. Dann aber erfuhr sie, von anderen, dass sie sie nicht leiden konnte. Zur Rede gestellt meinte die frühere Freundin, sie wollte eben höflich sein. Margit empfand das als Lüge und viele stimmten zu. Aber nicht alle.

Eine andere Schülerin berichtete von ihrer Mutter, die einen Schlaganfall erlitten hatte. Sie wurde sofort in ein Krankenhaus aufs Festland gebracht. Der Vater hatte ihr zunächst Hoffnung gemacht, dass die Mutter bald zurückkäme und alles wieder so werden könne wie früher. Doch daran war an keinem Moment zu denken. Er hatte sie angelogen.

Viele konnten das verstehen, einige nicht. Sie meinten, Lügen seien okay, sofern sie aus Mitmenschlichkeit begangen werden, andererseits wollten sie selber auf keinen

Fall angelogen werden, um geschützt zu werden. Einige glaubten eine Wahrheit zu verschweigen sei eigentlich keine Lüge, wollten selber aber stets, über alles Wichtige, was sie betraf informiert werden. Vielen ging es um die Absicht, die hinter einer Lüge steckte und war die gut, so konnte auch die Lüge nicht schlecht sein. Lügen aus Bequemlichkeit kannten die meisten und fanden es meist auch falsch, doch die Umstände zwangen einen einfach ab und an dazu.

All die offensichtlichen Widersprüchlichkeiten auszuhalten, war für die Gruppe nicht leicht. Victoria bestärkte sie darin. Sie meinte, das gehöre zum Leben dazu. Es ist gut, ab und zu darüber nachzudenken, aber man muss für diese grundlegenden Probleme auch nicht sofort eine perfekte Lösung parat haben. Sie war überrascht, wie viel sich von den Meinungen der Schülerinnen mit ihren Eigenen deckte, obgleich sie doch recht anderes sozialisiert worden war.

Die meisten der jungen Menschen waren hier aufgewachsen. Die Erwachsenen waren in der Regel zu beschäftigt, um ihre Kinder häufig zu besuchen. Außerdem meinten viele, eine professionelle Erziehung wäre besser für die Kinder. Und auch die Kinder waren mehr oder weniger rund um die Uhr beschäftigt, obgleich ihr Kollege bereits dafür gesorgt hatte, regelmäßig »Muße« in die Stundenpläne schreiben zu lassen. Das süße Nichtstun als Programmpunkt.

Alle Kinder lebten in Wohngemeinschaften. Sie waren ganz in der Nähe des jeweiligen Schulcampus. Für die kleineren Kinder unter fünf Jahren gab es einen Kindergarten, in dem sich die Kinder ganzheitlich und personalintensiv Bildung aneignen konnten. Je kleiner die Kinder, desto intensiver war die Betreuung.

Das schien sich zu lohnen. Insgesamt hatte die hochwertige Qualität der Erziehung viele hochkarätige Wissenschaftler und Wirtschaftsspezialisten überhaupt dazu bewogen, sich hier in der Safe-Zone niederzulassen. Die Kinder konnten ein bis zwei Jahre eher die Schule beenden, sie waren kommunikationsstark, sozialkompetent, sportlich, gesund, ihre Talente und Fähigkeiten kamen optimal zur Entfaltung. Zumindest war dies der Normalfall.

Bei ihrer Tochter hatte es nicht geklappt. Nicht so, wie es hätte funktionieren sollen. Victoria und unzählige andere Wissenschaftler hatten alles Mögliche versucht, doch Mary war und blieb zuweilen depressiv und eine verschlossene Einzelgängerin. Es war mal schlimmer und mal besser und Victoria ging es damit ebenso mal schlechter und mal besser. Oft schmerzte es. Sie fühlte sich schuldig, obgleich ihr stets versichert wurde, dass sie keine Schuld trug. Sie zweifelte daran, ob die Safe-Zone für Mary die bestmögliche Wahl gewesen war. Bei einhundert Kindern gelang es hervorragend. Bei einem dann wieder nicht.

Die Kinder trennten sich früh von den Eltern, auch wenn die Eltern natürlich jederzeit ihre Kinder sehen oder zu sich nehmen konnten. Weder Kinder noch Eltern hatten ein starkes Verlangen danach. Es genügte ihnen meist, sich von Zeit zu Zeit zu gemeinsamen Aktivitäten oder zum Essen zu treffen und alle bevorzugten es ansonsten, in ihrer Welt zu bleiben. All das Belastende, was mit Erziehung normalerweise einhergeht, hatten die Eltern outgesourced: Erziehung, Verbote, regelkonformes Verhalten, Auseinandersetzungen um Egoismus und Gemeinsinn, Handy und Medienzeiten, Taschengeld, Aufräumarbeiten und und und. Das alles übernahmen Profis und es glückte alles deutlich besser. Für die gut neunhundert Kinder waren über vierhundert pädagogische Fachkräfte verantwortlich. Handverlesene Menschen mit hohem Engagement, beeindruckender Intelligenz, Empathievermögen und Kreativität. Viele von ihnen hatte Victoria selber überprüft. Doch Mary blieb die offene Wunde.

5.

Es war Zeit für die zweite Sporteinheit. Das nächste Fitnessstudio war ganz in der Nähe der Schule. Victoria betrat den hellen freundlichen Raum, wurde automatisch eingeloggt und erhielt ihren persönlichen Übungsplan und eine Leichtmetallflasche mit einem perfekt auf sie und diesen Moment abgestimmten Vitamin- Mineralstoff- und Elektrolyte Mix, angereichert mit ein paar Proteinen. Ein Blick auf den Plan bestätigte ihre Vermutung: Übungen für die Beine gab es übersichtlich wenige. Kein Wunder. Sie joggte alle zwei Tage. Die Schwerpunkte lagen auf dem Training der Arme, des Rückens und des Schultergürtels, dazu etwas Bauchmuskeltraining. Es waren 40 Minuten eingeplant. Victoria schnappte sich aus dem großen Schrank ein T-Shirt und eine leichte Sporthose und ein Handtuch, zog sich um und begann mit dem Training. Am Ende würde auf dem Bildschirm am Ausgang ein Smiley erscheinen, was sie jedes Mal völlig albern fand, doch die Verantwortlichen ließen sich davon nicht abbringen.

Auf dem Nachhauseweg überlegte sie, selbst einen Imbiss zuzubereiten oder lieber eines der vielen Restaurants zu besuchen. Sie entschied sich, beim Supermarkt vorbeizuschauen, um sich selber eine Kleinigkeit zu kochen. Das Angebot im Supermarkt war vielfältig, hochwertig, überwiegend in Bioqualität, möglichst regional und gesund. Eine Abweichung von der Bevorzugung regionaler Produkte war der Bezug von Gemüse und Obst aus der Nature-Zone in Deutschland. Dies war die erste Zone, die mit Erlaubnis der Regierung in Südniedersachen und später im Osten von Deutschland gegründet wurde. Sie bestand überwiegend aus Ökospinnern, doch die KI meinte, sie sollte unterstützt werden, da deren ökologischer Fußabdruck sehr gering war und dieses Vorbild dabei helfen konnte, die Welt zu retten. Also kamen regelmäßig Züge aus Deutschland an und sie alle wurden angehalten, diese etwas teureren Lebensmittel auch zu kaufen. Doch das musste Victoria zugeben, die Qualität war ausgezeichnet.

Normale Schokolade, Chips, Limo und andere ungesunde Lebensmittel gab es überhaupt nicht. Das war natürlich schlau überlegt und Victoria war zufrieden damit, nicht ständig irgendwelchen Versuchungen ausgesetzt zu sein. Heute entschied sie sich für Kartoffeln, Lauch, Karotten, Tomaten und eine Dose Bohnen, um daraus eine Gemüsesuppe zu kochen. Dazu ein frisches Brot und als Dessert einen Sojajoghurt. Als sie mit ihrem Einkauf durch die Kassenzone ging, ertönte eine freundliche automatische Stimme: » Ihr Einkauf hat 18 Euro und 85 Cent gekostet. Das Geld buchen wir von ihrem Konto ab. Vielen Dank für Ihren Besuch.«

Fast alle Aktivitäten und Bezahlvorgänge liefen über den am Oberarm implantierten Chip. Das war vollkommen praktisch. Man brauchte keine Karte oder gar Bargeld herauskramen, keine Uhr gegen einen Scanner halten. Alles lief automatisch und reibungslos. Auch die häufigen Blutuntersuchungen liefen über diesen Chip. Die Urin- und Stuhlproben wurden quasi in jeder Toilette genommen und automatisch in die Auswertung miteinbezogen. Jede Normabweichung konnte sofort in seinen ganzen Anfängen festgestellt werden, es konnten Gegenmaßnahmen ergriffen werden. Probleme wurden nicht zu Problemen. Ihre Körper waren vollkommen gläsern.

Das traf auch zu großen Teilen auf ihre Seelen zu, denn eine Vielzahl psychischer Erkrankungen spiegelte sich im Blutstatuts wider. Das und das ewige Getriebensein zum perfekt gesunden Verhalten, war der Preis für den bestmöglichen Körper, den man hervorbringen konnte. Fast alle sahen gute zehn Jahre jünger aus und alle fühlten sich auch so.

6.

Für den Abend hatte sie eine Einladung für eine Aufführung des Orchester Philharmonique de Marseille in der chapelle Notre-Dame de Locmaria erhalten, einem der besten Orchester von Frankreich und sie kamen nahezu in Vollbesetzung. Derartige Events kosteten Geld, meist viel Geld, doch war ihr Ruf, sowohl in Frankreich als auch in Deutschland ziemlich gut, sodass die Künstler und die Insel gegenseitig für sich Werbung machen konnten. Wer es schaffte auf Quiberon eine Aufführung zu geben war wirklich gut.

Vielleicht würde sie ihren Noch-Ehemann Dylon treffen. Sie hatten es früher geliebt gemeinsam klassische Konzerte zu besuchen und die Akustik in der alten Renaissancekirche war durchaus beeindruckend. Vermutlich würde auch seine neue und sehr junge Freundin Charlotte mitkommen, die sich oft begeistert den Interessen Dylons anschloss. Sie mochte Charlotte, die so freundlich und sanft war, dass es ihr Leid tat, an einen Mann wie Dylon geraten zu sein. Die Sympathie beruhte allerdings nicht auf Gegenseitigkeit, Victoria war in mancher Hinsicht immer noch mit Dylon verbunden. Völlig zuwider ihrem Verstande, auf den sie so stolz war, mochte sie Dylon und sie erlag regelmäßig seinem Charme.

Es war durchaus üblich, Haupt- und Nebenbeziehungen in der Safe-Zone zu haben. Man gab sich als offen und frei, losgelöst von konservativen Beziehungsnormen. Wichtig war hier eigentlich nur eine gewisse Offenheit und ein gewisses Maß an Respekt. Durch die Begrenztheit der Insel würde sich ohnehin eine Affäre kaum verheimlichen lassen. Charlotte akzeptierte die nach wie vor bestehende Beziehung von Dylon zu ihr, doch sie tat es nicht gerne. Sie tat es, weil Dylon darauf bestand und sich sonst von ihr trennen würde. Was natürlich ebenso seine zahlreichen anderen Affairchen betraf.

Er kam allein. Als die Ouvertüre von van Beethovens 5. Symphonie *en* do mineur, erklang, ließen ihre Muskeln los. Ihre Atmung vertiefte sich. Die Musik drang so wohltuend in sie ein, wie Sonnenschein mitten im Winter eine Knospe zum Erblühen bringen konnte. Dylon der seinen Platz wie selbstverständlich neben ihr einnahm, strahlte auf einer anderen Ebene genauso ein Übermaß an Wärme aus, die sowohl von der körperlichen Nähe, als auch von seiner Präsenz herrührte. Egoistisch zog Victoria alles in sich hinein und konnte, wie ihr erst jetzt bewusst wurde, das erste Mal seit der vergangenen Nacht so etwas wie Entspannung zulassen.

Der Trost, der sie durch die Berührung ihrer beider Schultern, Oberarme und Oberschenkel erfüllte, verwandelte sich nach und nach in Verlangen. Sie spürte die Lust hinter den sich an ihren drückenden Oberschenkel, die Hand, die die ihre suchte und fand, die zusätzlich ebenfalls ein diffuses Trostbedürfnis ausdrückte. Sie hatten trotz all ihrer Unterschiede schon immer oft ganz ähnlich empfunden.

Gleich nachdem er ihr bei der Begrüßung vor der Kirche in die Augen geblickt hatte, wusste sie, sie würden später Sex miteinander haben und sie freute sich darauf. Dylon war ihre Oase der Lust, der Freiheit, des völligen Sieselbstseins. Er war einfach der beste Liebhaber aller Zeiten.

Nach einer halben Stunde waren sie beide vollkommen in der Musik versunken, ließen ein wenig los, ein wenig zu, dass Persönlichkeitsanteile, die hier nicht besonders viel an der Oberfläche zu suchen hatten, hervortraten. Bei ihr: Schwäche, Unsicherheit, Angst. Bei Dylon spürte sich genau das Gleiche. Wieder diese synchronen Gefühle. Es war fast unheimlich. Recht ungewöhnliche für Dylon. Was konnte geschehen sein, was sein starkes Selbstbewusstsein, seine natürliche Dominanz, sein Charisma erschüttern konnte?

Aber in diesem Moment war es gleichgültig. Jetzt war nur die Musik wichtig, die Resonanz, die sie zu erzeugen vermochte. Früher hatte sie Dylon zu mehr Offenheit gedrängt, zum Reflektieren, zum Eingestehen von Fehlern und damit von Menschlichkeit. Sie meinte es könne nicht gesund sein auf ewig dieses narzisstische Schauspiel aufzuführen. Irgendwann musste doch der Absturz kommen. Er kam nicht. Victoria hatte es akzeptiert. Mehr noch. Sie genoss das grelle warme Licht, was sich über sie ergoss, wenn sie in seiner Nähe war. Um nichts in der Welt wollte sie es in irgendeiner Weise verdunkeln. Wieder versank sie fast vollständig in der Musik und in Dylons Aura.

Ein Konzert dieser Art erschöpfte sie in einer Weise, die glücklich machte, zumindest waren diese Gefühle auch da und Victoria war dankbar dafür. Die Finger fest ineinander verschränkt, strebten sie unausgesprochen, ohne den Umweg zu ihrer Lieblingsbar zu nehmen, gleich zu Victorias Apartment.

Kaum hatten sie den Flur betreten kniete sich Dylon vor sie, küsste alle Körperteile, an die er herankam, zog ihr die schicke, sandfarbene Seidenhose aus, fuhr mit den Küssen fort, ruhig, sich zeitlassend und doch fordernd. Victoria stöhnte mehr als einmal auf, froh sich an der Garderobe festhalten zu können. Jetzt gab es nur noch zwei miteinander vertraute, sich vertrauende Körper und die köstlichen Gefühle, die sie hervorbringen konnten.

Sie kam ziemlich schnell. Es war gleichgültig. Das war eben nur der Appetithappen. So wie sie war, den Unterkörper entblößt und noch matt von der erlebten Lust, servierte sie einen guten alten Rotwein, bugsierte Dylon in das Schlafzimmer auf das Bett und lehnte sich an ihn, spürte seine Kraft und seine Lust, die er kurzfristig wieder einfing.

Sie bewunderte sein Ego. Es war größer als alles andere und das machte ihn zum wirklich guten Liebhaber. Es kontrollierte alles. Nur damit er später hören konnte »Danke, du bist der Beste«.

Victoria brachte alle Kraft auf, dem Drang zu widerstehen, ihn auf seine vorhin wahrgenommene Angst und Unsicherheit anzusprechen. Das Gute an langen Beziehungen war, man lernte dazu, wenn man dazulernen wollte. So schwiegen Beide in Harmonie und Übereinstimmung.

Victoria war dran den nächsten Akt zu gestalten. Dylon atmete. Vermutlich hatte es ihn irgendwer beigebracht, dass es gut ist, sich ab und zu einfach nur aufs Atmen zu konzentrieren. Ein Wunder, dass er den Rat doch recht häufig beherzigte. Victoria atmete auch, synchron mit Dylon und stellte sich vor, wie gut er aussehen könnte, nackt auf Kissen gelagert, die Arme über den Kopf fixiert, vielleicht mit einem roten Tuch? Einen Seidenschal über die Augen gelegt? Warum nicht? Sie griff in das geschwungene Bambusregal und zog ein paar hauchfeine Tücher heraus.

Wenige Minuten später lag er genauso da. Unter sein Gesäß hatte sie ein größeres Kissen geschoben, sein Körper stellte dementsprechend einen Bogen dar. Dylons

Atemfrequenz hatte sich erhöht, war aber nach wie vor eher von Konzentration durchdrungen.

Ein guter Moment, um in die Küche zu gehen noch einen Rest der Suppe zu essen und vielleicht für Dylon eine Kleinigkeit vorzubereiten. Sie ließ sich Zeit. Sie hatte Zeit. Dylon würde sich keinen Zentimeter bewegen, ganz gleich, wann sie wiederkäme.

Victoria schmolz eine Tafel sehr bittere und sehr dunkle Schokolade mit einem Zuckergehalt von nahezu null Prozent in einem Topf, zerschnitt etwas Obst in kleine mundgerechte Stückchen: Banane, Orange, Zitrone. Als die Schokolade geschmolzen war und nahezu kochte brachte sie diese samt Stövchen ins Schlafzimmer, entzündete noch ein paar Kerzen und betrachtete Dylon. Sein muskulöser Oberköper offenbarte seine leicht erhöhte und dennoch tiefe Atemfrequenz. Er hatte es immer abgelehnt Haare natürlichen Ursprungs zu entfernen. Er meinte er sei kein domestizierter Mann und wolle sich auch nicht so anfühlen. Und er hatte recht. Sein üppiges Brusthaar schmückte ihn, gab seiner Persönlichkeit einen sichtbaren Ausdruck: wild und unbezähmbar.

Sein Pint stolz aufgerichtet, groß und stark. Auch seine Beine und Arme waren gut durchtrainiert, es juckte Victoria in den Finger wieder und wieder die Linien dieses Körpers nachzufahren, doch noch war nicht der richtige Zeitpunkt dafür. Sein Gesicht, halb unter dem rotem Seidentuch verborgen, ließ dennoch seine markanten Gesichtszüge erkennen: Den schönen sinnlichen Mund, die feingeschnittene Nase. Selbst seine Ohren liebte sie und auch fast zwanzig Jahre Ehe konnten es nicht verhindern ihn immer noch gerne anzuschauen. Was für ein schöner Mann! Wäre er doch nur von einer anderen Seele besetzt.

»Ich habe dir eine Kleinigkeit zu essen mitgebracht«, hauchte sie in sein Ohr und schob ihm ein in heißer Schokolade getauchtes Orangenstück in den Mund. Dylon stöhnte leise. Ob es wegen der Hitze war, mit der seine Lippen unvermittelt konfrontiert wurden oder ob er ahne was folgen sollte, war nicht zu erschließen. Sie aß selbst ein Stück Schokoobst, welches sie aber, um es abzukühlen erst einmal auf Dylons Körper fallen ließ, bevor sie es sich einverleibte. Nachdem Victoria ein schokoladenumhülltes Zitronenstück probiert hatte, überließ sie den Rest ihm und als alle Obststücke gegessen waren verteilte sie die heiße Soße auf Dylons Körper und markierte damit ihre Lieblingsbereiche.

»Was für ein schöner Mann«, dachte Victoria abermals und nahm sich seiner, offenbar nur noch schwer beherrschbaren, Lust an. Sein Orgasmus war beeindruckend. Sie selber hatte darauf verzichtet zu kommen. Dylon war also klar, dass die nächste Runde seiner Gestaltung unterlag.

Er gönnte sich kaum eine Pause, zog Victoria in den Flur, stellte sie genau dorthin, wo sie schon einmal gestanden hatte, machte genau das, was er zu Beginn getan hatte. Victoria voller Lust, ließ diese frei. Dylon eine weitere Woge der Lust zulassend hielt sie so fest, als müsste er sich festklammern und nicht sie stützen. Er erhob sich. Wie zum finalen Dolchstoß stieß er in sie hinein kam abermals und beendete damit die Session. Er verbeugte sich deklinierte: »Es war mir ein Vergnügen«, öffnete die Tür und verschwand. Was für ein Mann, was für ein Abgang.

Als Victoria wieder normal durchatmen konnte und sie ihr Glas Rotwein gelehrt hatte sammelte sie seine Kleidung zusammen, rief ein Public Car, um ihm diese hinterherzuschicken. Noch einmal: »Was für ein Mann.«

7.

Victoria wollte gerade ihr Büro verlassen, um nach Saint-Pierre zu fahren, dem zweitgrößten Ort der Insel, dem wo die Angestellten lebten um dort zu schauen, ob alles seinen Gang ging, zu schauen, ob sie helfen oder unterstützen konnte, da rief Oksana an und bat sie, bei ihr im Büro vorbeizukommen. In Saint-Pierre hatte sie den Job, kleinere Konflikte zwischen den Angestellten zu klären, Beschwerden über Arbeitsbedingungen entgegenzunehmen, in Erziehungsfragen zu unterstützen, etwas Persönlichkeitsentwicklung und allgemein für Zufriedenheit zu sorgen, Wertschätzung zu verteilen wie Reklamezettel.

Oksana war ihre direkte Vorgesetzte darüber gab es nichts mehr. Als Oksana den Posten erhalten hatte, gab es etwas Geraune in der Zone. Oksana war die Tochter einer Gründerin und die gehörte dem Vorstand des inner circle an. Die Managerposten: Wirtschaft, Finanzen, Menschen und Bildung, Gesundheit, Bauen, Verkehr und Umwelt wurden durch ein Computerprogramm für drei Jahre bestimmt. Also streng nach Qualifikation und Sozialkompetenz vergeben, sowie persönlichen Erfolgen und Engagement. Insbesondere der zweite Punkt wurde bei Oksana offen angezweifelt und es wurde gemunkelt, ob ihre Mutter da irgendwelche Manipulationen in Auftrag gegeben hatte. Doch sogar Victoria, die Oksana alles andere als sympathisch fand, musste zugeben, dass sie ihren Job gut erledigte.

Ein trüber Tag. Victoria nahm dennoch eines der vielen Fahrräder, die überall herumstanden, erwischte sogar eines mit Elektromotor und machte sich auf zum Haus für Menschen, wie es etwas poetisch hier genannt wurde. Eigentlich wäre Ministerium für Soziales und Bildung angemessener gewesen. Es lag etwas weiter östlich, am Port Hauguen. Damals wurde eine dezentrale Struktur der wichtigen Häuser beschlossen.

Port Hauguen war ein gemütliches Fischerdorf gewesen mit einem größeren Jachthafen, früher ein beliebtes Ausflugsziel der gut 60.000 Touristen, die jeden Sommer auf Quiberon Urlaub machten. Jetzt war es etwas ruhiger hier doch immer noch ein malerischer Ort. Das dunkelblaue Wasser, die flachen überwiegen weiß getünchten Häuser fügten sich perfekt in die Bucht ein, die den Hafen voller kleinerer und größerer Segelboote beherbergte. Dieses Haus für Menschen hatte noch etwas mehr Glanz und Leben hier hingebracht. Das frisch renovierte Gebäude konnte seinen früheren Charme noch etwas steigern, durch die im mexikanischen Stil blauen und gelben Verzierungen an der Fassade. Sie brachten Farbe und Freude in die Gegend. Vermutlich hatte das Oksana, die stets elegant gekleidet war, höchstpersönlich angeordnet. Es war ein ehemalige Apparthotel mit Pool und einem hübschen Garten und Oksana tat stets so, als herrschte sie über ein Schloss.

Nach den üblichen freundlichen Floskeln kam Oksana recht schnell zur Sache: »Victoria, ich habe eine Anfrage von der Schule und vom Internat bekommen. Leon und Anna sind völlig überlastet. Dennis ist ja nun schon seit zwei Wochen im Sonderurlaub. Ich würde dich bitten, dass du vermehrt in der Schule aushilfst und ich werde den Großteil der Aufgaben um die Einwanderung selbst übernehmen, doch in schwierigen Fällen möchte ich dich natürlich um Rat fragen. Das Personal bleibt weiter in deiner Hand. Kannst du dir das vorstellen?« Die sehr blonde und sehr junge Frau schaute Victoria direkt in die Augen.

Schon nach dem ersten Satz zuckte Victoria innerlich zusammen. Setzte sich dieser Alptraum weiter fort? Wer wollte sie von der Einwanderung abziehen? War Oksana da mit im Boot? Würden sie ihr als nächstes vorschlagen ihr Apartment nicht mehr zu verlassen zum Zwecke der Steigerung ihrer Kreativität?

Nein zu sagen, war kaum eine Option, sie konnte höchstens etwas handeln. Die Einwanderung war die liebste und wichtigste ihrer Tätigkeiten und es war etwas worin sie wirklich gut war, weil sie so viel Erfahrung hatte. Und weil sie Brad hatte. Andererseits war das Computerprogramm nun nahezu perfekt und machte nur noch selten Fehler.

»Ja, in Ordnung«, sagte Victoria und man konnte das Bedauern in ihrer Stimme hören, »wenn es für eine begrenzte Zeit ist, mache ich das gerne. Ich würde gerne weiter Zugriff auf das Computerprogramm behalten. Ich habe noch ein paar Ideen für Verbesserungen und wenn ich ein paar Minuten über habe, könnte ich das tun.«

Oksana lächelte. »Victoria, das tut mir leid. Ich bin dazu verpflichtet meine Mitarbeiter*innen vor einer zu großen Arbeitsbelastung zu schützen. Gerade diejenigen, die schon etwas älter sind. Mir wurden von der Gesundheitsbehörde ein etwas erhöhter Cortisolspiegel bei dir in letzter Zeit gemeldet. Wurdest du schon darüber informiert? … Also die Antwort lautet nein. Ich weiß, wie viel Herzblut du in diese Arbeit investiert hast und du sollst es bald im vollen Umfang wieder machen.«

Victoria musste alles an Kraft aufbieten, um das freundliche Lächeln ebenso freundlich zu erwidern: »Danke Oksana, ich weiß deine Fürsorge zu schätzen.«

Um zu verhindern, dass sie nicht doch noch damit anfing Oksana anzubrüllen verabschiedete sie sich und verließ das Haus für Menschen. Jetzt würde ihr Stresshormonlevel gewiss noch weiter ansteigen. Mal sehen, wie lange es dauern würde, bis die SMS von ihrer Ärztin kam, um sie zu sich in die Praxis zu bestellen.

Jetzt müsste sie wirklich nach Saint-Pierre. Doch trotz der Verzögerung erlaubte sie sich eine Weitere. Sie ging in das modern eingerichtete Café ganz in der Nähe, direkt am Hafen und bestellte sich einen Latte mit Hafermilch. Sie musste durchatmen. Sie musste sich konzentrieren, sie durfte nicht in Panik geraten. Sie durfte keinen Fehler machen. Man hatte sie praktisch aus ihrem Büro und von den Einwanderungsdaten ausgeschlossen. Vermutlich war es eine weitere Vorsichtsmaßnahme. Über das Tempo und die Beteiligung Oksanas war Victoria dennoch erstaunt. Vielleicht war es das Beste so zu tun, als hätte sie diesen Mord tatsächlich nicht mitangesehen. Als hätte es ihn nie gegeben.

Um sich abzulenken, warf sie einen Blick auf ihre Tagesempfehlungen: Natürlich wurde der Weinkonsum der letzten Nacht registriert, was ihr eine empfohlene Sperre von alkoholischen Getränken für drei Tage eingebracht hatte. Niemand wollte hier Suchtkranke oder Menschen haben, die über die Stränge schlugen. Sie war noch beim Tennistraining angemeldet und es wurde ihr eine Diskussionsrunde über »Persönlichkeitsentwicklung – Grenzen und Möglichkeiten« am Abend im Gebäude der alten Touristinformation in der City nahegelgt.

Und dann kam die SMS ihrer Ärztin: »Victoria, ich möchte gerne mit Dir über ein paar Auffälligkeiten deines Blutstatus sprechen. Bitte komme nach Möglichkeit heute noch in meine Praxis. Herzliche Grüße Lore.«

»Deine größte Stärke ist auch deine größte Schwäche«, hieß es so schön. Genau das traf auch auf diese Zone zu. Diese Dauerüberwachung hatte es geschafft Krankheit weitgehend von ihnen fernzuhalten. Doch es blieb nichts verborgen, es gab keine Geheimnisse und wenig Spielraum.

Nur wenig beruhigter ließ Victoria das Elektrofahrrad stehen und nahm sich ein Mountainbike. Das würde helfen ihr Blut zu beruhigen, doch vermutlich würde sie um die Teilnahme eines Entspannungskurses nicht herumkommen. Eigentlich war es sogar vernünftig. Es war genau das, was sie einer anderen Person raten würde. Doch – sie war ja schon rund um die Uhr beschäftigt. Worauf sollte sie verzichten? Auf die spärliche Zeit, die ihr für sich selbst zur Verfügung stand? Auf die Dates mit Dylon? Beides war undenkbar. Doch – nicht ihre Sorge. Der KI würde schon etwas einfallen.

8.

Sie erreichte Saint Pierre nach guten 20 Minuten. Zeit, um wieder auf den Planer zu schauen, wen sie wann und wo besuchen würde. Zunächst ging es zu Allen, der öfter Magenschmerzen hatte, die offenbar psychisch bedingt waren. Er hatte jedoch keine Verbindung herstellen können. Victoria hatte sich schon ein paar Mal mit ihm getroffen und nun schien es so, dass er lernen müsste »Nein« zu sagen. Sie mochte ihn. Ein sympathischer offenen Mann Anfang dreißig, der als Hausmeister im Service eingesetzt war.

Anschließend sollte sie zu Ella. Sie war zu Hause und fühlte sich mit ihren neugeborenen Zwillingen überfordert, dann zu Simone, die unter einer leichten Depression litt und schließlich zu Margo. Margo war unzufrieden mit ihrem Job als Managerin eines Supermarktes und sie wollte nun neue Perspektiven ausloten.

Das Personal unterlag zwar auch Kontrollen und Auflagen, diese waren aber nicht so restriktiv wie bei den Workers. Ihr Gesundheitszustand wurde ab und zu überprüft, es gab keine permanenten Blut- und Urinkontrollen, die Sportangebote waren vielfältig, jedoch nicht zwingend, aber auch für sie gab es weder Chips noch Fast Food oder hochprozentige alkoholische Getränke. So etwas gab es eben auf der Insel nicht und die meisten Lebensmittel bewegten sich im Bereich A und B der Nutriscoutskala.

Es lief eine wissenschaftliche Studie zum Zusammenhang von Lebensstil und Erkrankungen. Die Workers wurden mit dem Personal und mit Menschen in einer französischen Kleinstadt und in einer Großstadt verglichen. Jede Gruppe hatte tausend Versuchspersonen, insofern war es eine der größten Studien überhaupt auf diesem Gebiet. Eine Zwischenbilanz zeigte klar die gesundheitlichen Vorteile des Lebensstils der Workers mit einer hohen Lebenserwartung, gefolgt vom Personal. Am schlechtesten schnitten die Menschen in der Großstadt ab.

Allen empfing sie mit einem Lächeln, was jedoch Sekunden später erstarb:»Victoria, was ist denn mit Dir los? Du siehst schrecklich aus.«

Natürlich sah sie schrecklich aus. Der Schock über das Gespräch mit Oksana musste ihr im Gesicht stehen, doch war es natürlich jetzt nicht möglich sich für den Rest des Tages krank zu melden und zu lamentieren. Sie musste nun Souveränität und Stärke zeigen, sonst würde sie sich gleich eine Beratung bei einem Kollegen einhandeln mit unkalkulierbaren Folgen. So log sie:»Ach, ein wenig Stress, eigentlich geht es mir gut wie immer und der kühle Wind muss wohl meine Frisur etwas zerzaust haben.«

Sie lächelte. Allen lächelte nicht und wirkte so, als würde er ihr kein Wort glauben:»Ich glaube dir kein Wort. Aber geht mich ja nichts an, welcher Hai dich in euren Haifischbecken angegangen hat. Komm, setzt dich erst mal hin. Ich hab' was für dich.« Damit drehte er sich um und kam eine Minute später mit einer großen Glasflasche wieder und gab von dessen Inhalt ein wenig in ein kleines Glas. Victoria ahnte schon, was das war. Etwas Illegales. Sie kippte das Getränk dennoch in sich hinein und fühlte sich sofort, ausgelöst von der heißen Spur, die dem Getränk in

Rachen und Speiseröhre folgte, besser. Wow, wie lange hatte sie keinen Schnaps mehr getrunken.

Natürlich sagte sie pflichtbewusst: »Allen, wenn das hier jemand eingeschleust hat, dann ist das verboten und es kann dich deinen Aufenthaltsstatus kosten.«

Allen lachte: »Es ist schön hier, aber Jobs gibt es überall. Nein. Nicht hineingeschmuggelt. Selbstgemacht und wenn wer fragt, sage ich, ich mache das, um ab und zu etwas zu desinfizieren.«

Victoria starrte Allen erschüttert an. Eine Schnapsbrennerei. Na, wenn das rauskommen würde, könnte er sofort seine Sachen packen. Und den Schwindel mit der Notwendigkeit des Desinfektionsmittels würde ihm kaum jemand abnehmen. Davon einmal abgesehen war das so ungefähr das Dümmste, was er seinen Magen antun konnte. Also zog sie eine Menge Luft in sich hinein, ließ sie wieder raus, nahm noch einen Schluck und erklärte mit ihrer freundlichen und doch ernsten und mahnenden Stimme, er müsse das sofort sein lassen, das sei illegal, er würde rausfliegen und außerdem ist das gefährlich, falls bei der Brennerei etwas schiefginge. Von unkontrollierbaren Explosionen zur Sehnervschädigung bis zum Tod. Und für seinen Magen ist diese Art des Alkohols das reinste Gift. Allen hörte sich das alles an, räumte die Flasche wieder weg, nickte und meinte »Ja, ich glaube du hast Recht.«

9.

Auf dem Weg zur Ärztin überlegte sie den Vorfall zu melden, was sie tun müsste und was richtig wäre, doch im Moment war sie einfach zu genervt von diesen ganzen Kontrollen und Vorschriften, dass sie es aus einem infantilen Impuls heraus unterließ. Außerdem war Allen ein netter und eigentlich ganz vernünftiger Kerl. Das alles würde sich rumsprechen und sie wäre dann diesen Job wohl auch los, weil all die anderen Dorfbewohner sie für einen Spitzel halten würden und ihr niemand mehr vertrauen konnte. Also drängte sie ihre Beobachtung in einen sehr entlegenen Sektor ihres Gehirns.

In Quiberon Stadt wieder angekommen und vor der Tür der Ärztin stehend galt es eine weitere Entscheidung zu treffen.

»Lore«, sagte sie, als sie der Medizinerin gegenüberstand, »danke für deine Nachricht. Doch in Zukunft möchte ich diejenige sein, die eine Mitteilung um meinen kritischen Gesundheitszustand zuerst bekommt nicht meine Chefin«. Victoria machte dazu einen angemessen empörten Gesichtsausdruck und schaute Lore direkt in die Augen. Die hielt den Blick stand.

»Victoria, es ist nicht ungewöhnlich, dass wir Anfragen von Arbeitgebern erhalten und dann natürlich auch rasch antworten. Die Gesundheit ist unser höchstes Gut. Ich habe dir ja auch kurz danach eine Nachricht geschickt.« Erst als

Victoria ihre Augenbrauen noch etwas mehr zusammenzog lenkte die Ärztin ein. »Also gut. Ich werde es das nächste Mal andersherum machen. Ich werde es versuchen. Du weißt ja wie Oksana ist, wenn nicht alles gleich so geschieht, wie es ihren Vorstellungen entspricht.«

»Ja, genau deshalb ist es wichtig. Was ist also mit meinem Blut?«

»Es ist eigentlich nichts Bedenkliches. Deine Stresshormone sind seit zwei Tagen deutlich und fast dauerhaft zu hoch. Ist etwas passiert?«

Jetzt musste sich Victoria eine gute Lüge einfallen lassen. Der Anstieg musste ja zunächst in dieser verhängnisvollen Nacht begonnen haben. Was die Ärztin und Oksana wusste, wussten noch weitere Personen.

»Ach, vor zwei Nächten hatte ich einen furchtbaren Albtraum. Es war wie in einem dieser Zombiefilme von früher. Das hat mich erschreckt, weil ich Albträume seit meiner Jugend nicht mehr hatte. Es hat mich einfach durcheinandergebracht, doch ich glaube es wird sich schon von allein wieder zurechtruckeln.«

»Das ist gut möglich. Um diese Chancen zu erhöhen, würde ich dir gerne einen Entspannungskurs verschreiben. Möchtest du lieber eine App oder einen richtigen Kurs?«

»In Ordnung«, gab Victoria zu, da sie hier auch kaum eine Wahl hatte, »ich nehme dann die App«. Zumindest würde sie sich so die Fahrt zur Entspannung sparen, doch natürlich wurde sowohl von der App als auch von ihrem Blutstatus überprüft werden, ob diese die gewünschte Wirkung zeigte.

»Also dann. Ich denke an progressive Muskelentspannung.«

»Ja, das ist perfekt. Ist sonst alles in Ordnung?«

»Alles Bestens. Du brauchst nicht einmal einen Vitamin- und Mineralstoffcocktail, weil du dich so vorbildlich ernährst. Möchtest du eine Depotinjektion zum Runterkommen? Unsere Pharmaexperten haben da etwas ganz Tolles entwickelt. Bestehend aus natürlichen Stoffen wie Hopfen und Passionsblume, dazu etwas Johanniskraut und die Idee eines Serotin-Boosters.«

»Ja, gute Idee«, meinte Victoria, stand schon mal auf und schob ihre Hose ein paar Zentimeter nach unten, damit die Ärztin ihr die i.m. Injektion verabreichen konnte. So würde sie vielleicht keinen zweiten Entspannungskurs machen müssen. Und es stimmte ja, sie musste dringend runterkommen. Alles andere wäre kontraproduktiv.

Am gleichen Abend begann sie mit der App, genoss die Wirkung des Medikamentes und neigte dazu zu vergessen und sich einfach einnorden zu lassen. Die Gesundheit ist das Wichtigste. Das stimmte.

10.

Es war gut, dass Victoria wieder versöhnlicher gestimmt war, denn sie hatte am nächsten Morgen ein Interview mit der deutschen TIMES. Es kam immer mal wieder vor, dass die Presse sich für ihre Zone interessierte, insbesondere für die ständige Überwachung und die zahlreichen Einschränkungen. Seltener für das fast unglaubliche Wohlbefinden ihrer Bewohner*innen und die beeindruckende Produktivität. Victoria wurde oft zu Interviews gebeten, in denen es auch um die Psyche ging, über die körperliche Gesundheit gaben eher die Mediziner Auskunft.

Niemand Außenstehendes durfte die Zone, ihr Gebiet, ihre Insel betreten, abgesehen von ein paar Vertretern der französischen Regierung, die alle halben Jahre zu einer Inspektion vorbeikamen und die wenigen Künstler*innen, die hier auftraten und gleich danach wieder verschwanden. Beide Gruppen wurden stets eskortiert und sie bekamen nur das zu sehen, was unumgänglich war. Für Besucher waren am Festland in Penthièvre und Carnac einige Wohnungen und Häuser gebaut oder angemietet wurden, wo sich Familien oder Freunde treffen konnten, doch es gab auch ein paar Büros für offizielle Treffen. Noch vor ein paar Tagen hätte dieses Treffen in ihrem, ihrem ehemaligen Büro stattgefunden, doch nun hatte man ihr einen Raum in einem ehemaligen Hotel am Plage de Penthièvre zugewiesen. Das Treffen mit der Reporterin sollte um 10.00 Uhr stattfinden.

Vielleicht war sie schon ein paar Tage zuvor eingetroffen und hatte eine Drohne über die Insel geschickt. Sie versuchten daran zu arbeiten diese Dinger zuverlässig mit Störsendern zu deaktivieren, sie scheuten sich auch nicht davor, sie einfach mit ihren eigenen Drohnen abzuschießen, doch funktionierte das alles noch nicht ganz zuverlässig.

Die Fahrradtour durch den frischen herbstlichen Wind hatte ihr gut getan und dabei geholfen ihre Gedanken noch etwas geschmeidiger und freundlicher zu stimmen. Victoria rief sich die unendlich lange Liste mit Vorteilen der Zone ins Gedächtnis und stellte trotz der vergangenen Tage fest, es gibt keinen Ort auf der Welt, wo sie lieber wohnen würde.

Zu ihrer Freude stellte Victoria fest, dass die Journalistin leichtes Übergewicht hatte, vermutlich einen erhöhten Blutdruck und sicher unter Stress litt. Sie war etwas jünger als sie selbst und machte auf den ersten Blick einen professionellen und freundlichen Eindruck. Victoria hatte sich den ganzen Vormittag Zeit genommen und hoffte, es würde ausreichen.

Mit Kräutertee und etwas, das so aussah und schmeckte wie Kuchen, aber eine weitaus gesündere Alternative war, und mit Blick auf den Ozean begann die Frau, die sich als Felicitas Heuer vorgestellt hatte, nach etwas höflichen Smalltalk mit ihren Fragen: »Victoria, Sie sind Psychologin. Wie würden Sie die psychische Gesundheit in der Safe Zone im Vergleich zum Bevölkerungsdurchschnitt bewerten? Könnte das nicht auch daran liegen, dass von vornherein nur sehr gesunden Menschen in die Zone kommen? Regt sich da nicht das Gewissen, wenn alle die arm, ungesund und weniger intelligent sind einfach ausgeschlossen werden? Sollte die Safe Zone ein Vorbild sein? Hat diese ständige Überwachung nicht auch negative Auswirkungen auf die Psyche? Dieser Mangel an Privatsphäre, die

Kontrolle und die deutlichen Einschränkungen, was den Lebensstil betrifft, ist das nicht ein Problem?«

Das war alles kalter Kaffee. Victoria hatte diese Fragen schon hundert Mal beantwortet und sie wunderte sich darüber, dass den Journalisten nichts Neues einfiel. Also erzählte Victoria von den signifikanten Zusammenhängen zwischen körperlicher und psychischer Gesundheit, der individuellen Lebensgestaltung dank der KI, den Vorteilen, wenn Versuchungen ungesunder Natur überhaupt nicht greifbar sind, etwa hochprozentigen Alkohol, Drogen oder Chips, da ja die menschliche Willenskraft ähnlich wie ein Muskel funktioniert und nicht im unendlichen Maße verfügbar ist, dem Korrelat psychischer Erkrankungen im Blutstatus.

Um das Ganze etwas persönlicher zu gestalten erzählte sie sogar von sich selber, den erhöhten Cortisolwerten im Blut, der damit verbundenen sofortigen Reaktion ihren Stress im Job zu reduzieren. Sie erzählte wie gut ihr die geführten Entspannungsverfahren und das Yoga taten und ihre Ärztin konnte die Wirkung genauso schnell an ihrem Blut erkennen. Es war unmöglich, dass sich so etwas wie Stress verfestigte. Auch andere psychische Erkrankungen ließen sich derzeit gut objektiv über die Blutwerte feststellen, man konnte im Anfangsstadium gegensteuern. Das war der entscheidende Pfeiler ihrer Gesundheit.

Aber nein, es fühlt sich gar nicht so nach Kontrolle an. Es ist eine Unterstützung. Sie alle sind in dem besten körperlichen Zustand, den sie haben können. Das hat Auswirkungen auf das Wohlbefinden, die Zufriedenheit und damit auch auf die Beziehungen und die Gemeinschaft. Wenn es dem Körper gut geht, freut sich die Seele. Wir kümmern uns also erst um den Körper. Für die Seele kommt dann noch ein als sinnvoll empfundenes Leben hinzu. Wir schaffen das durch einen perfekt passenden Job, befriedigende Beziehungen, hochwertige Kulturangebote, Ehrenämter. Niemand ist hier unzufrieden und es wäre doch schön, wenn es überall auf der Welt so wäre. Die Kosten für die Prävention würden, die der Kuration überschreiten und insgesamt so deutlich sinken, dass es für keinen Haushalt mehr ein Problem darstellen würde. Ja, und durch die KI-Steuerung hat man den Kopf frei für die wichtigen Dinge im Leben. »Würden Sie sich das nicht auch wünschen? Die Leichtigkeit beim Gesundsein?«

Diese letzte Frage wollte sich Victoria nicht verkneifen. Das Übergewicht, der ihr im Gesicht geschriebene Stress der Journalisten zeigten klar etwas vom täglichen Kampf, den die Frau durchzuführen hatte. Zwischen Gesundheitsbewusstsein, Versuchungen, Stress, Kompensation durch bad food, das dadurch angegriffene Selbstbewusstsein. Wie gut sie sich entwickeln könnte, wäre sie hier.

»Ich möchte frei wählen können, was ich esse und wann ich mich bewege.«

»Wie gut klappt es denn, dass es so passiert, wie Sie es sich wünschen?« fragte Victoria nach und verfluchte sich gleich für diese unhöfliche Nachfrage. Sie wollte doch, dass die Welt zu einer großen Safe Zone werden würde. Ein perfektes Leben für jeden. Nah an der kommunistischen alten Idee: » Jeder nach seinen Fähigkeiten, jedem nach seinen Bedürfnissen«. Auch wenn Fähigkeiten und Bedürfnisse nicht von dem Menschen selbst definiert wurde, sondern von der KI, die das klar besser wusste. Oder glaubten die Menschen, ihre Körper hätten tatsächlich ein Bedürfnis nach zwei Tafeln Schokolade täglich und zehn Stunden Arbeit und drei Flaschen Bier? Das müsste doch eigentlich jedem inzwischen klar sein, dass es so nicht funktioniert. Der Mensch kann es schlicht in vielen Situationen nicht beurteilen, was ihm guttut.

Also ruderte sie sogleich ein wenig zurück: »Aber ja. Die Freiheit ist ein hohes Gut. Für uns besteht die Freiheit darin sich nicht mehr zum Sklaven körperlicher Gelüste zu machen. Sich nicht mehr in dieser irren kräftezehrenden Spirale zu befinden zwischen ungesundem Essen, Bewegungsmangel, schlechtem Gewissen, Aktionismus, um dann wieder zu der ungesunden Inaktivität zu gelangen. Es ist kräftezerrend und zermürbend. Es zerstört das Selbstwertgefühl. Das ist wirklich Freiheit, was wir machen. Wir habe uns frei und einmal für physische und psychische bestmögliche Gesundheit entschieden.«

Victoria wusste, dass die Journalistin genau in diesem Teufelskreislauf gefangen war und dennoch an ihrer schrägen Definition von Freiheit hängenblieb.

»Probieren Sie es doch mal aus. Wir haben einen Bluttest mit KI-Programm für Jeden entwickelt: »Best Life«. Es ist sicher nicht so gut wie das, was wir hier haben, doch die meisten Menschen sind begeistert. Sie können die Beteiligung einer KI und das Maß der Datenspeicherung frei wählen. Es ist möglich überhaupt keine Daten zu speichern und sich aufgrund der Blutwertergebnisse Empfehlungen geben zu lassen. Mit der Speicherung kann man sich die Entwicklung besser anschauen und man erhält Lebensstilempfehlungen, die etwas klarer formuliert werden.«

Als Victoria im Gesicht von Felicitas eine Idee von Interesse und Hoffnung sah, stand sie auf, um eines der Best-Life Probierpakete aus dem Schrank zu holen. Die Blutabnahme funktionierte über ein paar Tropfen Kapillarblut aus dem Mittelfinger und ist recht leicht selbstständig zu erledigen. Das Blut wird in den Analysator getropft und ein paar Minuten später sind die Ergebnisse der wichtigsten Parameter da: Blutzucker, Cholesterin, Stresshormone, Leberwerte, Entzündungsmarker, Vitamin- und Mineralstoffstatus und ein paar andere Werte. Wir verkaufen den Analysator für knapp 200 Euro, dazu käme dann die Betreuung und Beratung als Abo. Wir versuchen natürlich die Preise gering zu halten, weil wir meinen, Gesundheit sollte für jeden erschwinglich sein.«

Felicitas nahm das Paket entgegen und bedankte sich freundlich.

»Geben Sie uns doch bitte eine Rückmeldung. Wir wollen uns ständig verbessern«, ergänzte Victoria.

»Natürlich«, sagte die Journalistin und verabschiedete sich.

Etwas besser gelaunt fuhr Victoria in die Schule und besuchte anschließend einen Yoga Kurs, dem die KI eine Yoga Nidra Einheit zugefügt hatte, für die Entspannung. Wie konnte die KI nur so exakt feststellen, was ihr guttat. Nach einigen herausfordernden Yogaübungen und nachdem andere Kursteilnehmer*innen bereits gegangen waren, legte sich Victoria auf ihre Yogamatte, ließ sich von Ihrer Yogalehrerin mit einer wohlig flauschigen Decke zudecken und genoss die entspannende imaginäre Reise durch den Körper. Sie durfte sogar einen Sankalpa formulieren, was so etwas wie ein Entschluss, ein Vorsatz oder ein Herzenswunsch ist. Da brauchte sie nicht lange zu überlegen: »Ich lebe in Frieden und Harmonie glücklich in der Safe-Zone«.

11.

Das friedliche Gefühl zog sich durch den ganzen nächsten Tag. Victoria hatte beschlossen sich einfach auf ihre Arbeit und ihr Leben zu konzentrieren. Sie hatte ein neues Projekt auf Wunsch einiger Schüler*innen in der Schule initiiert: »Buddhistisches Denken im Alltag«, war mit ein paar Lehrer*innen mittags in ein Nachbardorf zum Essen geradelt, weil sie dachten, sie bräuchten mal für zwei Stunden etwas Abstand zum Campus und hatte endlich mal wieder zwischen den obligatorischen Sporteinheiten einen ausführlichen Spaziergang mit Brad gemacht. Wenn sie nur fest genug daran glaubte, alles würde gut werden, wird alles gut.

Fast wohlig erschöpft kehrte sie am Abend nach Hause zurück. Der kleine Hafen lag so friedlich da, fast schien er etwas von dieser Harmonie an sie abgeben zu wollen. Es war Flut, ein paar Boote schaukelten im Wasser, statt wie bei Ebbe im Schlick zu liegen. Victoria wandte sich wieder ihrem Haus zu, als ihr ein blinkendes lila Licht vor ihrer Haustür entgegenflimmerte. Was war das? Stand da jemand? Wohl kaum. Das war so absurd, dass Vic ihre Angst beiseiteschob und auf die Haustür zuging. Sie schwor sich die Außenbeleuchtung am nächsten Tag reparieren zu lassen. Sie trat noch ein wenig näher. Da stand tatsächlich jemand. Aber jetzt lächelte Victoria.

Es war einer der Service Roboter von Dylon. Und er sah aus wie ein Mann. Ein großer gutaussehender Mann, nicht so wie diese lächerlich kleinen dauerlächelnden Roboterchen aus Japan.

»Hallo, schöne Frau. Ich hoffe du hattest einen guten Tag? Und nun wird er noch besser!« Ein Arm, der zuvor hinter des Roboters Rücken verborgen war, schnellte nach vorne, in der Hand ein paar nicht mehr ganz taufrische Herbstsblüher.

»Oh, vielen Dank«, spielte Victoria das Spiel mit. »Mein Tag war ganz wunderbar. Ich bin 1+«, und deutete damit an, sie hatte ihr Tagesprogramm übererfüllt. Victoria wollte die Blumen entgegennehmen, doch der Roboter, der ein wenig wie Dylon aussah, ließ sie nicht los. Um Dylon über den Fehler zu informieren, der früher oder später ihren kleinen Dialog zu hören bekommen würde, meinte sie: »Ja, wenn die Blumen für mich sind, musst du sie schon loslassen«. Loslassen war nicht nur für Roboter eine schwierige Aufgabe.

»Ich soll dir viele Grüße von Dylon ausrichteten«, fuhr der Roboter fort, ohne auf ihre Bemerkung einzugehen. In den Augen des Roboters schien sich etwas zu verändern. Sie wirkten, als würden sie sie etwas intensiver fixieren. Wollte Dylon ihre unbewusste physiologische Reaktion auf seinen Namen bei ihr analysieren? Wie immer, wenn sie an Dylon dachte, überkamen sie zutiefst zwiespältige Gefühle. Sie war regelrecht verstört wegen seiner grenzenlosen Egozentrik und ja, verflixt, sie liebte ihn immer noch. Doch um den Roboter etwas auszutricksen, lächelte sie breit, öffnete ihre Augen etwas weiter und dachte an den friedlichen Hafen, der hinter ihr lag, fantasierte noch einen Sonnenuntergang dazu und atmete tief ein und aus.

»Victoria, es wird Dylon freuen zu hören, dass du immer noch aufgeregt bist, wenn du seinen Namen hörst«, sagte der Roboter triumphierend, wie ihr schien, weil er auf ihre Finte offenbar nicht hereingefallen ist. Er hat sich eine Überraschung ausgedacht und würde sie dir gerne heute noch zeigen. Er ist in der Werkstatt. Jetzt führte er den Arm mit den Blumen noch weiter nach vorne und ließ sie nach acht Sekunden los. Sie fielen auf den Boden und der Roboter war immer noch auf ihren Gesichtsausdruck und ihre Atemfrequenz konzentriert. »Oje«, dachte Victoria, »da muss aber noch so manches besser werden.«

»Hast du Lust?« flüsterte der Roboter.

»Wie heißt du überhaupt?« wollte Victoria wissen, auch weil sie etwas Zeit zum Nachdenken brauchte. »Ich bin Dyson, stets zu Diensten« Natürlich. Alle seine Roboter fingen mit D an D wie Dylon. Als wären sie Rennpferde, wo alle Fohlennamen mit dem Anfangsbuchstaben des Vaters begannen. »Du kannst mich natürlich auch mit nach oben nehmen. Ich bin gut ausgestattet«, fuhr der Roboter mit einer wärmeren Stimme fort und legte seinen Kopf etwas schief.

Hatte sie jetzt die Wahl mit Dylon oder mit einem Roboter Sex zu machen? Irgendwie war beides verlockend. Dylon hatte sich bisher meist auf Sexroboter für Männer konzentriert, neben seiner Arbeit an normalen Servicerobotern. Nun schien er seinen Arbeitsschwerpunkt ausgeweitet zu haben.

»Also gut. Dann versuchen wir beide es mal miteinander.« Ein wenig Abwechslung würde ihr guttun und jetzt noch zu Dylons Werkstatt-Kirche nach St. Julien rauszufahren hatte sie keine Lust.

»Ich bin bereit, ich reiche dir meine Hand, führe mich in dein Zauberreich.« Na, das war jedenfalls poetisch dafür ausgedrückt, dass der Roboter noch immer nicht ganz ohne Hilfe ein normales Treppenhaus bewältigen konnte.

Bei der Kleidung hatte sich Dylon einen hübschen Trick ausgedacht. Statt Knöpfe und Reißverschlüsse bewältigen zu müssen, entledigte sich der Roboter mit einem einzigen Ruck seiner Kleidung, Hemd und Jeans waren mittels Klettverschlusses an der Seite beeindruckend leicht zu entfernen. Und dann lag er in ihrem Bett. Mit seinem aufgerichteten biomischen Penis, lächelnd.

»Ich kann dich ein wenig massieren, wenn du magst. Oder möchtest du mich noch eine Weile betrachten?«, fragte Dyson. Wie oft hatte sie Dylon genau darum gebeten. Als Übergangsritual, damit sie sich vom Tag lösen und auf den Sex einstellen konnte. Wie oft hatte Dylon sich dem zähneknirschend gefügt, wäre er doch lieber gleich losgaloppiert.

»Eine hervorragende Idee. Gut massiere mich ein wenig«, meinte Victoria, zog sich aus und legte sich neben den Roboter auf dem Bauch. Sie hörte, wie Dyson sich wieder aufrappelte, in die Hocke kam. Seine überraschend warmen Hände berührten ihren Rücken. Sanft und fest.

»Warte kurz, mit etwas Öl geht es besser«. Victoria griff in die Nachttischschublade, ihren Arm verrenkend, holte das Massageöl heraus, dachte daran die Flasche zu öffnen und hielt sie Dyson hin. Er nahm sie. Ein gutes Viertel daraus landete auf ihrem Rücken und dann … dann ließ sie sich treiben, verwöhnen von diesen kundigen Händen, die über ihren Rücken strichen und ihn zart kneteten, zärtlich die Wirbelsäule hinauf und hinunter führten.

Es war gut. Er war gut. Und sie konnte, wenn sie wollte, sich stundenlang massieren lassen. Er war ja ein Roboter, dazu da ihr zu gefallen, kein Mensch mit eigenen Wünschen,

Plänen und mit eigener Agenda. Dyson versuchte es noch ein paar Mal mit Konversation, mit Komplimenten, gab aber schnell auf, als er merkte, wie wenig sie reagierte.

Es musste eine gute Stunde vergangen sein, da veränderte sich etwas. Immer wieder wanderten seine Hände zu ihrem Po. Nach ein paar Minuten glitten sie zwischen ihre Beine. Vorsichtig. Es war angenehm. »Bitte massiere für drei Minuten meinen Rücken und mach dann da, wo du jetzt bist weiter«, sagte Victoria und fühlte sich weich wie eine Katze in der Sonne.

Es war natürlich Gesetz, dass ein Roboter immer das machen musste, was ein Mensch ihm sagte, dass ein Roboter niemals einen Menschen verletzen durfte oder gegen seinen Willen handeln durfte. Auch Dylon hielt sich an diese Regeln, vermutlich aber nur deshalb, weil alles andere schlicht unverkäuflich wäre. Er hätte seinen Robotern sicher gerne noch mehr Eigeninitiative eingepflanzt. Dyson tat genau das, murmelte: »Es ist so schön dich zu berühren, Victoria. Es fühlt sich so gut an.«

Als er wieder bei ihrer Vulva angelangt war, wurde Victoria wieder etwas lebendiger. Stöhnend gab sie sich den kundigen Händen hin. Ihr Orgasmus überrollte sie wie eine Woge zartschmelzendes Schokoladeneis. Kaum hatte Dyson ihre Kontraktionen gespürt verlangsamten sich seine Bewegungen, bis er ganz innehielt. Er legte sich neben sie und nahm sie in die Arme, fuhr ihr mit der Hand leicht über den Rücken, murmelte fast Unverständliches vor sich hin. Victoria wäre fast eingeschlafen Meine Güte. Da hatte Dylon wirklich etwas Außergewöhnliches geschaffen. Aber - sie waren noch nicht fertig. Als hätte der Roboter ihre Gedanken gelesen, sagte er: »Na, noch eine Runde?«

»Auf jeden Fall«, antwortete Victoria, »gib mir noch eine Minute der Ruhe.«

»Ich gebe dir alles, was du willst«, hauchte Dyson in ihr Ohr und fuhr damit fort vorsichtig mit der Hand über ihren Rücken zu fahren. Victoria wurde mutiger darin Befehle zu erteilen. Mal klar, mal freundlich, mal harsch oder auch flehend. Dyson führte nahezu alles aus. Kompetent, freundlich, hingebungsvoll, als wäre es sein einziges Bestreben ihre Wünsche zu erfüllen. Als sie sich auf ihn setzte, seinen ein wenig zu groß geratenen Penis in sich spürte, schloss er für einen Moment die Augen. Unglaublich! Nachdem sie ein zweites Mal gekommen war, rollte sie sich ein, den Kopf an die breite warme Roboterschulter geschmiegt und schlief einfach ein.

»Guten Morgen, mein Hübscher«, sagte Victoria, als sie die Augen aufschlug und nachdem sie die Situation realisiert hatte. Ein weiterer Schultag und danach noch viele weitere Schultage erwarteten sie. Aus Frust darüber hätte sie gerne noch eine Roboterrunde eingelegt, doch sie stand auf, um pünktlich zu einer Psycho-Besprechung in der Schule zu sein. »Guten Morgen, meine Schöne, wie wäre es mit ein wenig Oralsex am Morgen?«

»Oh«, dachte Victoria, »da könnte Dylon aber noch ein wenig nachbessern«. Aber der Roboter war bis auf ein paar Kleinigkeiten sehr, sehr gut. Sie würden mit der Produktion nicht hinterherkommen.

»Leider keine Zeit«, antworte Victoria, »grüß Dylon, sag ihm, ich sage dem Service Bescheid, damit er ihn hereinlässt, dann kann er dich im Laufe des Tages nach Hause begleiten.«

Damit zog sie sich unter die Dusche zurück, fühlte sich sauberer als sonst nach einer Nacht voller Sex, Schweiß und Freudentränen und machte sich auf den Weg zur Schule. Immerhin freute sich Brad darüber, der Kinder mehr mochte als Bewerber*innen und so gut wie nie eine Persönlichkeitswarnung in Form einer bestimmten Art des Knurrens ausstieß.

12.

Es war Dienstag und damit am Nachmittag Zeit für das wöchentlich angeordnete Ehrenamt. Sie hatte sich in diesem Quartal für die Garten- und Parkpflege entschieden. Eine klare Empfehlung des Computers, der vermutlich meinte ihre Sozialkompetenzen wären ausreichend ausgeprägt, sie bräuchte etwas meditative erdende Arbeit. Wie recht er hatte.

Als sie Mathis sah, wurde ihr warm ums Herz. Es wurde ihr immer warm, wenn sie Mathis sah. Sie waren einander zugeteilt worden, um Unkraut zu jäten, Setzlinge zu pflanzen, Bäumchen zu stutzen, meist in Quiberon Stadt, seltener im Naturschutzgebiet, dem überließ man überwiegend sich selbst, doch es kam auch mal vor, dass sie Müll einsammeln sollten, welcher überwiegend angespült wurde oder mal ein paar der wohlerzogenen Jugendlichen in die Natur eingebracht hatten. Heute hatten sie Kreiseldienst. Sie hatten ein paar Dutzend blaue Agapanthi, einige lila Riesenlauchsetzlinge und das rosarote bretonische Küstenheidekraut auf den Mini Elektro Pritschenwagen geladen und hatten freie Wahl, was die Anordnung betraf. Victoria hatte nie verstanden, weshalb die Kreisel in Deutschland stets solch lieblose unlebendige Orte waren und in Frankreich meist Male gestalteter Gartenkunst.

Mathis schlug vor, die Pflanzen kreisförmig anzuordnen, außen das Heidekraut, dann die Agas und in der Mitte den Riesenlauch. Gute Idee. Kreisel und Erde waren bereits vorbereitet worden, sodass sie nur noch die Pflanzen in die Erde gruben brauchten. Eine schöne Arbeit Und jedes Mal, wenn sie dann am Kreisel vorbeifahren würde, könnte sie denken: »Mein Kreisel, mein Werk, wie schön.«

Im Allgemeinen war Mathis nicht besonders gesprächig. Er mochte es still zu arbeiten mit den Händen in der Natur. Er war einer der etwa hundert Franzosen, die es in die Zone geschafft hatten. Victoria hatte nie ganz verstanden, weshalb sich dieser sanfte, freundliche Mathis für diese an Gewinnmaximierung interessierte exklusive Zone entschieden hatte. Sie hatte ihn selbst eingebürgert. In seinem Motivationsschreiben stand, er wollte als Chemiker dabei helfen, die Welt zu einem besseren Ort zu machen. Seine Qualifikation war ausgezeichnet und passte gut zu einer der drei Pharmafirmen der Insel und Brad war ganz aus dem Häuschen vor Begeisterung.

Victoria wusste, dass Mathis eine Weile mit einer Verkäuferin eines Supermarktes zusammen war, was nicht gerne gesehen wurde und ihm sicher einige Gespräche mit Psychologen eingebracht hatte. Je größer das Machtgefälle ist, desto schwieriger wird eine gleichrangige Beziehung, desto größer die Gefahr von Gewalt und einem Scheitern der Beziehung. Natürlich wollte man die klare Trennung zwischen Workers und Personal aufrechterhalten. Wenn das Personal in die andere Klasse wechseln wollte, dann zu den gleichen Bedingungen, wie bei allen anderen auch: Eine Million Euro und das Bestehen zahlreicher Tests. Nur für Ehen, die schon vor der Aufnahme in die Zone bestanden waren andere Regelungen festgelegt.

Natürlich war Mathis sowohl jegliche Standesdünkel als auch jegliche Neigung zu Gewalt oder Machtdemonstration vollkommen fremd. Doch seine Freundin verließ ihn, weil sie die Arroganz der Workers nicht ertrug. Das war eine

Zeitlang her und schon seit einer Weile hatte Victoria ein Auge auf ihn geworfen. Diesen gutaussehenden, charmanten zurückhaltenden, freundlichen Franzosen, der im Grunde genommen genau das Gegenteil von Dylon war. Zu gut für sie und zu gut für diese Zone. Doch vielleicht konnte diese Zone ihren Anspruch, die Welt zu einem besseren Ort zu machen – für Alle – nur mit Menschen wie Mathis verwirklichen. Doch – genau wie sie selbst hielt er sich von der Politik fern. Schade.

Sie hockte sich neben ihn, um ihm einen Riesenlauch Setzling anzureichen und um seine Nähe und Wärme zu genießen. Sie begann schon, während er den Setzling in das Erdloch steckte, sich in Fantasieren zu verlieren, wie sie mit den Händen über seine Brust, seinen Bauch, seinen ganzen Körper glitt, wie sie seinen Pint in sich aufnahm, da fiel ihr auf, dass er nicht zurückwich. Sein früheres Zurückweichen hatte sie zwar stets respektiert, doch konnte sie sich nicht beherrschen keine neuen Versuche zu unternehmen. Wie in einer Schleife waren sie in diesem Spiel gefangen. Er mochte sie, doch bisher hatte er wohl nie die Frau in ihr gesehen. Sie als Partnerin in Erwägung gezogen.

Ermutigt rückte sie noch ein wenig näher an ihn heran. Ließ ihren Busen wie zufällig über seinen Oberarm gleiten und atmete seinen Duft ein. »Wie wäre es mit einem Kaffee bei dir oder bei mir, wenn wir hier fertig sind?«, hauchte sie mehr, als sie fragte und zu ihrer grenzenlosen Überraschung grinste er und sagte »Gerne.«

Victoria hoffte, Dylon hatte inzwischen den Roboter abgeholt. Einen Sexroboter in ihrem Bett einem möglichen menschlichen Lover, ach was, einem möglichen Freund zu erklären, wäre sogar für sie eine Herausforderung.

»Ich muss noch zum Doc, dann komme ich zu dir?« Das war perfekt. Zeit genug für den Robotercheck, einen Kleidungs- und Bettwäschewechsel und um etwas Atmosphäre zu schaffen.

»Das ist toll. Quai de Houat 10. Ich freue mich.«

Sie alle hatten etwa alle zehn Tage eine Ärztin aufzusuchen, um kurz die Ergebnisse der automatischen Blut- und Urinproben, die sie täglich abgaben zu besprechen und um sich ab und zu einen Vitamin-Mineralstoff und mit sonstigen Boostern versehenen Cocktail injizieren zu lassen. Es war transparent. Wer wollte konnte jederzeit nachschauen, was in die eigene Blutbahn kam, doch die meisten ließen es sein. Ab und zu wurde man gefragt, ob man das ein oder andere Lifestyle Medikament wollte und der ganze Vorgang war schon nach zehn Minuten erledigt.

Victoria empfing Mathis in einem engen weit ausgeschnittenen dunkelblauen Wollkleid mit einem breiten Lächeln. Auch Mathis lächelte.

»Hast du einen Drink?« fragte er, was auch nicht ganz in das Bild passte, was sie sich von Mathis gemacht hatte. Ein Funken Misstrauen schlängelte sich in ihr Herz, doch sie erstickte ihn sofort. Zu groß war die Freude darüber Mathis hier zu haben. Einen Schritt auf Mathis zu, bedeutete einen Schritt von Dylon weg.

»Aber sicher«, antworte sie und ging zur Hausbar. Hochprozentige alkoholische Getränke gab es hier natürlich nicht, doch sie müsste noch einen Prosecco haben. »Prosecco?« fragte sie in seine Richtung.

»Perfekt«, kam es vom Bücherregal. Sie mischte den Prosecco mit etwas Cranberry- und Grapefruitsaft, ließ ein paar Eiswürfel ins Glas gleiten, die sicher nicht lange dortbleiben würden und reichte ihm ein Glas. Victoria war mehr als bereit. Sie musste sich zusammenreißen ihm nicht sofort die Kleider vom Leib zu reißen und ihren Körper dicht an seinen zu pressen.

Stattdessen begann sie mit den üblichen Beruhigungsatemübungen und betrachte ihn. Mit der blonden wilden Lockenmähne sah er aus wie ein Rockstar, seine grünen Augen dem Lächeln, als er »Danke« sagte, seine breite Statur, die Muskeln seiner Oberarme, alles an ihm schien sie wie ein Magnet anzuziehen.

»Zum Teufel nochmal«, dachte Vic, »er ist hierhergekommen, um zu Vögeln und da brauchen wir wirklich keine Zeit mit Smalltalk vertrödeln.«

Sie ging noch einen Schritt näher auf ihn zu und damit entfesselte sie ihre Lust noch etwas mehr noch weiter weg ihres vorherigen Vorsatzes, noch etwas zu warten. Sie grub ihre Hände unter sein Hemd an seine Brust, küsste ihn, nein verschlang ihn, fuhr Sekunden später in seine Hose und versuchte sich gleichzeitig das Kleid abzustreifen und zog ihn stöhnend ins Schlafzimmer. Sie sah, wie sich Mathis Augen etwas weiteten, er einen Millimeter zurückwich, dann aber wieder bei ihr war, ihren BH öffnete und sich mit seiner Nase in ihren Busen vergrub. Es ging alles ziemlich schnell. Zu schnell. Sie ritt auf ihm, als wäre er kein Mensch, sondern ein Roboter, sie befriedigte sich an ihm, einmal und noch einmal, als wäre er nur ein seelenloser Körper. Auch er kam, doch sie merkte es ihm an, wie wenig ihm das gefiel, was sie da mit ihm tat, doch er stoppte sie nicht. Und sie stoppte sich auch nicht. Es gelang nicht.

Erst nachdem sie ein drittes Mal gekommen war, ließ sie von ihm ab. Klarere Gedanken begannen in ihr Gehirn zu strömen. Sie wollte sich entschuldigen, irgendetwas tun, um es wiedergutzumachen, doch Mathis begann schon damit seine Sachen einzusammeln, ging ins Bad und nach weiteren drei Minuten verließ er wortlos ihr Apartment.

Victoria ging ebenfalls unter die Dusche, um sich für einen Vortrag über den Einfluss der Relativitätstheorie auf die Kunst im frühen 20. Jahrhundert fertigzumachen. Es war hier nicht nur körperliche Fitness erwünscht, sondern auch geistige, so wurden in den Abendsunden oft Vorträge angeboten und man hatte mindestens einen in der Woche zu besuchen.

Victoria tat ihr Verhalten Mathis gegenüber leid, doch nun war es geschehen und sie musste nach vorne blicken. Genau genommen war ja gar nichts passiert. Er hatte zu keinem Zeitpunkt »Nein« gesagt, Dennoch würde sie sich bei ihm irgendwie entschuldigen müssen. Absichtlich zog sie wieder das dunkelblaue Wollkleid an, um sich selbst zu strafen, sich zu erinnern und um zu verhindern, die Schuld auf andere zu schieben. In erster Linie natürlich auf Dylon, der diese Art von Sexualität in ihr entfesselt, wenn nicht sogar erschaffen hatte.

Die Veranstaltung fand sozusagen gleich nebenan im Chateau Turpault statt. Sie freute sich auf den hochwertigen Vortrag die anregenden Diskussionen im Anschluss. Eine willkommene Ablenkung. Das Chateau war zu einem Kulturzentrum der bildnerischen Künste umgebaut worden. Als sie die Insel übernommen hatten, war es ziemlich verfallen und musste dringend restauriert werden. Das hatten sie getan. Es war gut geworden. Wegen der räumlichen Nähe hatte sich Victoria sogar für einen Malkurs mit Gouache Farben eingeschrieben, obwohl sie meinte in dieser Beziehung ziemlich talentfrei zu sein. Doch die Künstlerin, die den Kurs leitete hielt sich an Beuys Ausspruch: »Jeder Mensch ist ein Künstler« und ermutigte sie so, dass Victoria tatsächlich gefiel, was sie da schuf.

Kurz bevor sie schlafen ging, holte sie den Zettel von Dylon unter ihrem Bett hervor, wo sie ihn ein paar Stunden zuvor hektisch versteckt hatte, auf den er »Danke, du hast mir sehr geholfen« gekritzelt hatte und den sie statt des Roboters auf ihrem Bett gefunden hatte, Sie zerknüllte ihn mit etwas mehr Kraftaufwand als nötig und schmiss ihn in den Müll.

Fragmente des Vortrags gingen ihr durch den Kopf. Alles, was existierte, existiert nur so in Bezug auf einen Beobachter. Verschiedene Beobachter beobachten Verschiedenes. Das kann auch gleichzeitig geschehen, womit es keine einheitliche Realität mehr gibt. Picasso in seiner kubistischen Phase drückte genau das in seinen Bildern aus. Es gibt keine klare Perspektive, keinen Blickpunkt. Gegenstände und Menschen werden in geometrische Formen zersplittert und gleichzeitig aus allen möglichen Perspektiven dargestellt. Das Bild »Les Demoiselles d'Avignon« zeigt fünf Frauen in stark geometrisierten Formen. Ihre Körper werden von hinten und ihre Gesichtshälften sowohl von links als auch von rechts und vorne gezeigt. Picasso eben. Als Psychologin war Victoria natürlich die Bedeutung der subjektiven Sichtweisen bekannt, dass diese Sichtweise verschiedene Disziplinen dominierte, wusste sie nicht. Richtig und Falsch relativierte sich und nun gab es überall auf der Welt wieder eine entgegengesetzte Strömung mit klaren Positionen, klaren moralischen Urteilen.

Sie hatte früher mal von Forschungsarbeiten der Anthropologin Margaret Mead gehört, die sich mit der Kultur der Arapesh in Neuguinea beschäftigt hatte. Dort wurde bei Streitigkeiten etwa nicht der Aggressor bestraft, sondern die Person, die Ärger und Gewalt provoziert hatte. Für viele inzwischen in der westlichen Welt undenkbar.

Der Akt mit Mathis, diese verwirrenden Informationen aus dem Vortrag hatten sie psychisch durchaus mitgenommen. Wie sollte sie da Schlaf finden? Es war von der KI durchaus beabsichtigt für etwas Aufregung zu sorgen. Vermutlich meinte sie, die Menschen wären wacher, wenn ihr Leben etwas Aufregung erfuhr und sie würden durch dieses intensivere Erlebnisniveau insgesamt zufriedener und leistungsbereiter sein. Doch im Moment war es wirklich ein wenig zu viel. Merkte das die KI gar nicht? So wünschte sich Victoria die KI würde ihr zukünftig eher langweiligere Vorträge vorschlagen, mehr klassische Konzerte, vielleicht mal einen alten Kinofilm. Doch – zu ihrer Überraschung schlief sie tief und gut.

13.

Es war Mittwoch und sie würde versuchen sich heute mit ihrer Tochter Mary zu treffen. Viele der vergangenen Treffen hatte Mary abgesagt. Doch heute war noch keine Nachricht von ihr angekommen. »Wir könnten heute Nachmittag spazieren gehen«, schlug sie ihrerseits eine Aktivität vor, von der sie wusste, dass Mary es mochte. Sie liebe die raue Küste im Westen, die Klippen und die karge Landschaft. Zu ihrer Überraschung kam bereits nach ein paar Minuten eine Antwort: »In Ordnung. Wir treffen uns am Pointe du Percho. Ich bin um 15.30 Uhr dort.« Erstaunt und erfreut bestätigte Victoria Ort und Zeit. Es wäre wirklich schön, wenn sie sich wieder etwas annähern könnten.

Nach einer Reihe von Beratungsgesprächen mit Schüler*innen und Betreuer*innen, einem hastigen Mittagessen in einer der zahlreichen Schulmensen fuhr Vic mit dem Fahrrad zum Treffpunkt. Mary war bereits da, eingehüllt in einen schwarzen Mantel, die Kapuze über den Kopf gezogen, mehr oder weniger zusammengekauert auf das Meer hinausschauend. Es war sonst niemand hier.

»Hallo Mary, ich freue mich, dass es heute geklappt hat, dass wir uns treffen«, eröffnete Victoria das Gespräch, doch Mary nickte nur kurz, streichelte einmal kurz über Brads Kopf, der ebenfalls nicht gerade vor Begeisterung überkochte.

»Wollen wir ein Stück laufen?« fragte sie, bemüht darum nicht zu viel Freude zu zeigen, nicht zu viel Interesse, nicht zu viel Wärme. All das hatte sie hundert Mal gemacht und jedes Mal war sie damit gescheitert. Sie hatte nie herausgefunden, was Mary in die Depression getrieben hatte. Vielleicht hätte sie sich damals weigern sollen sie so früh in fremde Hände zu geben. Aber vielleicht hätte es auch nichts geändert. Es zerbrach ihr das Herz, als sie Mary ins Gesicht schaute, was so viel Unglück, Gleichgültigkeit und Schmerz zeigte. Doch es musste einen Grund geben, weshalb sie sie heute sehen wollte. Also würde sie einfach abwarten, bis Mary zu sprechen begann. Sie durfte sie nicht bedrängen.

Mary schaute in Richtung des anderen Aussichtspunkts ganz in der Nähe, wo ein paar Steine eines verfallenen Gebäudes zu sehen waren, vermutlich ein alter militärischer Stützpunkt, und sie gingen los. Langsam. Und noch immer schwieg Mary. Victoria hielt ihren Vorsatz gerade einmal zehn Minuten durch. Dann fragte sie: »Wie geht es dir, Mary? Was geht dir durch den Kopf?« Mary hob kaum den Kopf in ihre Richtung.

»Sonja hat mir eine Bibel gegeben.«

Es gab, von ein paar hundert Menschen des Personals einmal abgesehen keine Gläubigen auf Quiberon, ganz gleich welcher Religion. Sonja war eine der Köchinnen und aus einem ihr schleierhaften Grund suchte Mary ab und zu ihre Nähe.

»Eine Bibel?« konnte Victoria nur in einem einigermaßen neutralen Tonfall vorbringen, zu geschockt, um eine durchdachtere Antwort zu geben.

»Eine Bibel«, bestätigte Mary. »Ich weiß, das findet hier niemand gut, aber ich lese sie jetzt.«

»Natürlich kannst du lesen, was immer du möchtest«, bemühte sich Victoria Mary mit Verständnis und Toleranz zu begegnen, obwohl sie lieber gefragt hätte, ob sich der christliche Glaube in irgendeinen Punkt von den übrigen Verschwörungstheorien unterscheide, dass er etwas für schwache und unglückliche Menschen war. Und als hätte Mary diese unausgesprochenen Worte gehört sagte sie: »Es ist wohl genau das Richtige für mich.«

Damit drehte sie sich um, ließ Victoria stehen, die noch ein paar Minuten hinaus auf dieses unglaublich blaue Meer starrte und sich fragte, was in alles in der Welt sie tun konnte, um ihrem Kind zu helfen.

Ein weiteres wichtiges Gespräch stand an und sie hoffte dies würde besser verlaufen. Das Fahrradfahren zurück in den Süden der Insel, diesmal in die Nähe des größeren Hafens Port Haliguen, tat ihr gut, es half sich von Mary zu distanzieren, nachdem sie beschlossen hatte ein weiteres Mal mit ihren Bezugserzieher*innen über diese neue Entwicklung zu sprechen.

Steff war ihr immer ein Freund gewesen. Genau wie sie war er fast von Anfang an dabei gewesen, doch anders als sie interessierte er sich für das große Ganze. Mit ein paar anderen hatte er den Inner Circle gegründet. Eine Art moralische Instanz, Wächter, die darauf achteten Grundsätzliches einzuhalten, und die KI und die von ihr bestimmten Politiker zu überprüfen. Sie arbeiteten zwar mehr oder weniger im Verborgenen, machten ihre Arbeit aber transparent und waren stets offen für Diskussionen. Die Mitglieder wurden von einer Zufallsgruppe gewählt, auch Angehörige des Personals waren wahlberechtigt. Es war kein offizielles Gremium, doch jeder wusste, wieviel Macht von hier ausging.

»Victoria, wie schön dich zu sehen«, wurde sie von Steff begrüßt und in einen lichtdurchfluteten Wintergarten seines Wohnhauses geführt. Auf den Weg dorthin durchdachte Victoria ihre Ziele und ihre Strategie. Sie wollte erfahren, ob etwas Besonderes in dem Safe-Zone vor sich ging und sie wollte ihre Motive dafür verschleiern. Sie vertraute Steff, doch ihn über die Ungeheuerlichkeit eines beobachteten Mordes zu informieren, inklusive der Unsicherheit, ob es wirklich ein Mord war, wollte sie vermeiden.

»Steff, wie geht es Dir? Du siehst aus, als wärest du gerade aus dem Urlaub gekommen. Wie machst du das nur bei der vielen Arbeit?«

»Eine charmante Übertreibung. Ich bin froh, wenn ich es durch den nächsten Fitnesstest schaffe. Was führt dich zu mir?«

Natürlich stand Victoria nur ein recht kurzes Zeitfenster zur Verfügung, also musste sie rasch zur Sache kommen. »Ich mache mir Sorgen über Dylon. Er wirkte neulich so verloren, etwas unsicher, fast ängstlich, nur für ein paar Momente in diesem Ozean seiner charmanten Mackerfassade. Es war, wie stets, kein Gespräch über irgendwelche negativen Gefühle möglich. Ich habe es versucht. Ich bin mir auch nicht sicher, ob er sie selbst wahrgenommen hat. Aber ich habe einen Abgrund gesehen. Ich mache mir über diesen Mistkerl Sorgen. Ist etwas passiert in der Safe-Zone? Etwas, was Dylon ins Stolpern gebracht haben könnte?«

»Immer noch ist Dylon deine große Sonne? Victoria, dieser Mann wird dich noch umbringen. Was deine Frage betrifft«, Steffs Gesicht verfinsterte sich noch ein wenig mehr, als es sich schon bei der Erwähnung ihres Mannes verdunkelt hatte, »wir haben ein paar Geldsorgen. Nicht, dass es etwas Neues wäre, doch ein paar von uns fürchten um unsere

Existenz. Es gab ein paar zu riskante Investitionen, die geplatzt sind.«

Victoria hatte das Gerede um die hohe Pacht, die sie an die französische Regierung zu zahlen hatten, ihr ständiges Spiel mit dem Feuer, weil sie in eine ganze Reihe von Projekten investierten, deren Ausgang trotz gewissenhafter Prüfung ungewiss war und sie das ein oder andere Mal viel Geld verloren hatten. Dennoch hatte sie nie ernsthaft an die finanziellen Schwierigkeiten geglaubt. War es denn immer so, dass man bei Dingen, die man nicht für möglich hielt, einfach die Fakten ignorierte, nicht ernstnahm, um das eigene Weltbild nicht ins Wanken zu bringen?

»Wir sind uns nicht ganz einig, was zu tun ist. Die KI schlägt Einsparungen vor. In erster Linie beim Personal, aber auch bei der Bildung und Kultur. Es fiel ihr tatsächlich als Erstes das ein, was einem durchschnittlichen Politiker als Erstes einfällt. Gleichzeitig sollen wir die Einnahmen erhöhen, ohne die Risiken zu erhöhen. Die meisten von uns wollen nicht sparen, weil dies der Kern der Safe-Zone ist. Aber es gibt einen Hoffnungsschimmer. Eine unserer Pharmafirmen hat ein funktionierendes Alzheimermedikament entwickelt und es bereits fast verkauft. Und das wäre unsere Rettung. Es wäre gut für die Welt und gut für uns. Aber es ist noch nicht ganz in trockenen Tüchern. Aber – dass Dylon von den Geldproblemen mitbekommen hat? Ich bin mir nicht sicher. Die meisten Firmen haben ihren Druck auf ihre Mitarbeiter etwas erhöht, was das Tempo ihrer Entwicklungen betrifft. Vielleicht wurde auch Dylon aufgetragen seine Sexpuppen etwas zügiger zu entwickeln.«

»Er entwickelt nicht nur Sexpuppen, auch Service- und Pflegeroboter, das weißt du genau«, verteidigte Victoria unnötigerweise Dylon, während ihr klar wurde, weshalb sie neulich mit einem Roboter geschlafen hatte. »Dylon liebt diese Zone«, fügte sie etwas versöhnlicher hinzu, »er würde viel tun damit sie erhalten bleibt. «

»Wir alle lieben diese Zone. Und wir tun alle viel dafür, dass sie erhalten bleibt«, sagte Steff und machte sich bereit sie zu verabschieden.

Victoria kam ihm zuvor. »Danke, Steff, ich bin für dich da. Wenn ich etwas tun kann, mache ist es.«

Sie meinte es ernst. Steff war im moralischen Sinn über jeden Zweifel erhaben mit einem untrüglichen Kompass für kluge Entscheidungen ausgestattet. Ihm vertraute sie blind, zumindest, was das betraf, was sie allerdings von anderen Mitgliedern des Inner Cirkle nicht behaupten konnte, allen voran Beatrix, der Mutter ihrer Chefin.

»Victoria, es gibt immer weniger Menschen, die so denken wie wir. Wir werden hier zu Dinosauriern mit unseren überhöhten Moralvorstellungen. Auch wenn du dich in manch einer Beziehung auf dem Holzweg befindest, was etwa deinen Ehemann betrifft, schätze ich deinen integren Charakter. Bitte überlege Dir, ob du dich für die nächste Inner Circle Wahl aufstellen lässt.«

Die nächste Wahl müsste in einem knappen Jahr stattfinden. Sollte diese Zone bis dahin noch existieren. Steff hatte es zwar nicht ausgesprochen, doch sein ernster Blick sagte genau das.

»Ich bin jetzt bereiter dazu als jemals zuvor«, antwortete Vic, »und ich werde zusehen noch ein paar Bonuspunkte anzusammeln.«

Auch wenn für diese ehrenamtliche Tätigkeit weniger mit den offiziellen Bonuspunkten, die nur für eine Bewerbung einer bezahlten Führungsposition wichtig waren zu tun hatte, schien es hilfreich sich ehrenamtlich zu engagieren, mit etwas, was über die Bepflanzung von Verkehrskreiseln hinausging. Es war eine Wahl, für die es sich hübsch zu machen galt.

Steff spendierte eine flüchtige Umarmung, Victoria fuhr nach Hause, um sich für die Joggingrunde umzuziehen, später würde sie über ein weiteres ehrenamtliches Engagement nachdenken, auch wenn sie nicht wusste, wie sie das zeitlich noch unterbringen sollte. Heute würde sie einfach einmal einen Abend zu Hause bleiben. Das sah niemand allzu gerne, doch es war notwendig.

14.

Mit einem ziemlichen Schreck stellte Vic am nächsten Morgen fest, dass am Nachmittag eine weitere Kreiselpflanzaktion anstand. Wie sollte, wie konnte sie Mathis gegenübertreten? Sie hatte an das, was sie getan hatte nicht mehr gedacht, sie hatte sich dessen verweigert, doch nun blieb nichts anderes übrig. So gerne hätte sie zu Mathis eine Freundschaft plus aufgebaut, so gerne wäre sie seine Freundin geworden, doch dieser Übergriff von ihr dürfte diese Hoffnung komplett zerstört haben und sie war ziemlich froh, dass bisher noch keine Vorladung bei ihr eingetroffen war. Sie konnte jetzt nur noch zusehen, den Schaden zu begrenzen. Sich aufrichtig zu entschuldigen.

Auf dem Weg zur Gärtnerei, wo sie sich treffen sollten, fuhr Victoria an ein paar Lebensmittelgeschäften vorbei, um alle Orangen zu kaufen, die sie kriegen konnte. Mathis hatte einmal erwähnt, er liebe diese Früchte. Am Ende hatte sie zwei Eimer beisammen. Ein Computerprogramm hatte beschlossen, nur eine begrenzte Anzahl an Früchten zu erwerben, die nicht aus der unmittelbaren Nähe kamen. Erdbeeren im Winter gab es praktisch nie. Aber nun gab es noch ein paar Orangen.

Victoria setzte ihr nettestes Lächeln auf und schritt mutig auf den Pritschenwagen zu, der bereits fertig beladen auf sie wartete. Mathis war bereits da und begrüßte sie mit fast einem genauso einem breiten Lächeln. Es war ein durch und durch freundliches Lächeln, welches ihr eigenes Lächeln fast vertrieb. »Hallo Mathis, ich weiß ja, du magst Orangen und ich habe dir ein paar mitgebracht und ich wollte ...«

»Hi Vic, das ist aber nett«, fiel Mathis ihr ins Wort, »ich weiß gar nicht womit ich das verdient habe. Danke und dann gleich zwei Eimer. Es muss dich ein Vermögen gekostet haben.« Das hatte es. Mathis Freude schien so ehrlich, so unschuldig, dass Victoria nicht mehr wusste, was sie denken sollte. Hatte er ihren Akt etwa genossen? Das konnte sie sich schwerlich vorstellen. Hatte er das verdrängt? Das war genauso unwahrscheinlich. Doch – vielleicht wäre es eine gute Strategie das Spiel einfach mitzuspielen.

»Ich wollte dir einfach eine Freude machen«, beendete sie den Satz, den sie vor einer Minute begonnen hatte, anders als geplant.

»Vielen Dank«, wenn du Zeit hast, könnten wir ein paar davon nach der Pflanzaktion essen. Ich wohne nicht weit weg von der Gärtnerei.«

Fast vergaß Victoria zu atmen, fast wäre sie erstarrt vor Ungläubigkeit. Es wirkte beinahe so, als wäre diese unschöne sexuelle Begegnung zwischen ihnen niemals geschehen, es wirkte fast, als würde Mathis mit ihr flirten und zwar unschuldig.

Dieses Mal versuchten sie die Pflanzen, es waren die gleichen, die man ihnen beim letzten Mal mitgeben hatte, eine Raute zu formen. Das war auf einem Kreisel nicht leicht, doch mit etwas Wohlwollen erkennbar. Mit jedem Scherz, den sie miteinander teilten, jedem Lächeln und jedem freundlichen Blick, entspannte sich Victoria mehr. Ihr Verstand konnte es immer noch nicht glauben, doch alle anderen intelligenten Anteile in ihr bestätigten, dass Mathis sie mochte, mit ihr flirtete und es keinerlei unangenehme gemeinsame Erlebnisse in ihrer gemeinsamen Vergangenheit gab.

Dann fuhren sie mit dem Wagen zu ihm. Mathis meinte, er würde ihn später zurückbringen. Das Appartement von Mathis war mitten in der Stadt. Sie hätte darauf gewettet, es läge etwas weiter draußen, umgeben von etwas mehr Natur. Dem war aber nicht so. Es war eine Dachgeschosswohnung mit einer geräumigen Dachterrasse, auf der sie nun in warmen Pullovern auf dem Boden hocken, da die Stühle bereits unter Plastikplanen Winterschlaf hielten. Sie reckten ihre Herbstgesichter in die Sonne und aßen Orangen und lächelten sich an.

Victoria würde keinesfalls irgendeine Initiative ergreifen. Für einen Moment hatte sie in Erwägung gezogen, dies alles sei ein Trick, er wollte irgendeine Rache an ihr ausüben, doch er wirkte so derartig freundlich, dass sie den Gedanken schnell wieder verwarf. Und – was er auch immer mit ihr angestellt hätte, es wäre völlig berechtigt gewesen und sie wäre bereit gewesen die Strafe zu ertragen. Nun, dem war nicht so.

Nachdem sie jeder drei klebrig süße Orangen gegessen hatten, rutschte Mathis ein wenig näher an sie heran. Er legte seinen Arm um ihre Schulter: »Vic, ich habe schon gemerkt, dass du jetzt seit einem Monat mit mir flirtest. Ich mag dich. Es war schwer für mich, als Camille mich verließ. Ich mochte sie so und vor Dylon habe ich etwas Angst. Doch wir müssen die Vergangenheit irgendwann hinter uns loslassen. Vielleicht werde ich dir nicht alles geben können, was du dir wünscht, doch ich denke, wir könnten uns ab und zu sehen.«

»Das wäre schön«, hauchte Victoria, die kaum glauben wollte, dass es doch möglich war, dass Wünsche sich erfüllten, dass es Licht gab inmitten der aufziehenden Dunkelheit.

»Komm«, sagte Mathis, zog sie hoch und führte sie in sein ordentlich aufgeräumtes Schlafzimmer. In aller Ruhe zog er erst sie aus, dann sich selbst, während sie passiv blieb, lediglich wie ein Spiegel die Art, wie er sie berührte an ihn zurückgab und ab und zu ein Wohlbehagen ausdrückendes Schnurren von sich gab. Er war so zärtlich und ging so vorsichtig mit ihrem Körper um. Sie hatte nicht geglaubt das jemals wieder genießen zu können. Sie hatte geglaubt die Art Sex, die sie mit Dylon betrieb sei eine verdammte Einbahnstraße und sie würde nie wieder diesem zärtlichen unschuldigen Beisammensein etwas abgewinnen können. Und sie hatte mit ihrer Attacke diese Tür zugeschlagen.

Doch sie war nicht zu, sondern weit offen.

Vorsichtig erwiderte sie seine Zärtlichkeit, diese Langsamkeit des Zusammenführens ihrer Körper. Ein Gefühl tiefer Dankbarkeit erfüllte sie mit jedem zarten Stoß, dass was auch immer ihr diese Chance des Neuanfanges mit Mathis geschenkt hatte.

Als sie sich wieder ankleideten, weil der nächste Programmpunkt des Tages angegangen werden musste, bei Victoria der Malkurs und bei Mathis das Fitnessstudio, fragte Victoria, was genau er eigentlich beruflich machte.

»Ich habe ein paar Jahre an einem AIDS-Medikament gearbeitet. Jetzt wurde ich zum Alzheimer-Team beordert. Das ist eine ziemlich große Sache. Ein großes Team mit einer hohen Priorität. Viel Kontrolle, viele Sicherheitsvorkehrungen. Also mehr kann ich dir dazu nicht sagen.«

»Okay, dann scheint das Medikament in der Endphase zu sein«, stellte Victoria fest. »Schön. Die Welt hat lange darauf gewartet.«

»Nicht ganz. Einer der Hauptentwickler hat einen Schlaganfall erlitten und ist gestorben. Ein Mann wie ein Baum. Ein Hirninfarkt! Wir haben hier quasi keine Risikofaktoren für Schlaganfälle. Es gibt hier keine Raucher, Bewegungsmuffel oder Menschen, die sich nicht gut ernähren. Ich kannte ihn nicht persönlich, bin erst später ins Team gekommen. Doch es wird wohl eine Verzögerung deswegen geben.«

Victoria durchfuhr es eiskalt. Die Story mit dem Hirninfarkt konnte natürlich auch fingiert sein. Und … natürlich gab es eine ganze Reihe von großen kräftigen Männern. Der Amerikaner oder der Medikamentenentwickler oder jemand ganz anderes. Wer war der Ermordete?

»Dann ist noch ein weiterer Pharmakologe weg. Er musste irgendwie aufs Festland wegen dringender Angelegenheiten. Das hat noch eine Lücke hereingerissen.«

Um einen Ausgleich zu schaffen, erwähnte Victoria von ihrer Abberufung aus ihrem eigentlichen Job zur Schule, jammerte ein wenig darüber, stellte aber auch die Befriedigung, die sie in der Schule erlebte, heraus.

»Glaubst du, dass mehr dahintersteckt, als der Personalmangel an psychologischen Mitarbeitern in den Schulen?« fragte Mathis.

Victoria merkte der Frage ein Misstrauen an, was ihr nur allzu bekannt war. In der jüngeren Zeit. Fast zehn Jahre hatte sie hier in absoluter Sicherheit und im vollsten Vertrauen gelebt. Das war vorbei.

»Ich bin mir nicht sicher. Möglich wäre«, es, gab Victoria zu. »Die Einwanderung liegt nun ganz in Oksanas Hand.

Früher wusste ich, wer zu uns kommt und mit wem es dann doch nicht klappt. Ich kam auch an die Daten ran, wer uns aus welchen Gründen verlässt.« Mathis sah kurz hoch, wandte sich wieder seinen Schnürbändern zu und nickte beiläufig.

Hatte sie einen Verbündeten gefunden? Hatte auch Mathis etwas entdeckt, was wie ein Schmutzpartikel nicht in dieses perfekte System passte? Konnte sie ihm vertrauen?

Nach einem ausgiebigen Kuss lösten sie sich schließlich voneinander. Mathis flüsterte ihr ins Ohr: »Ich hoffe wir wiederholen das mal.« Victoria konnte ihr Glück noch immer kaum fassen und flüsterte zurück: »Auf jeden Fall.«

Später tauchte sie den groben Pinsel in lila, rosafarbene und hellgrüne Gouachefarben und malte abstrakte männliche und weibliche Geschlechtsorgane bis zur Unkenntlichkeit vergrößert.

15.

Dylon rief an. »Hi, Schatz, Josef hat sich zum Dinner angemeldet. Er meinte du hättest ihn und Cindy zum Essen eingeladen?«

»Genau genommen hat er sich selbst eingeladen«, antwortete Victoria. »Aber ... richtig. Wir hatten so etwas ausgemacht. Wann will er kommen?«

»Heute Abend, ich hoffe es passt bei Dir?«

Heute Abend, das war mehr als spontan. Es passte und es passte ein wenig zu gut. Es war einer der wenigen freien Abende, die ihr zur Verfügung standen. Sie wollte am späten Nachmittag Tennis spielen und dann hätte sie Zeit. Wusste Josef das?

»Ja, das passt perfekt.«

Josef und Dylon waren befreundet und sie wusste nicht, wem im Zweifelsfalle Dylons Loyalität galt.

»So gegen 21.00 Uhr, ich bin heute beim Tennis und möchte mich dann noch frisch machen. Ich wollte einen Salat machen. Kannst du Getränke besorgen?«

»Klar, mache ich. Ich freue mich. Am meisten auf dich«. Victoria konnte das lüsterne Grinsen durchs Telefon sehen. Sie verdrehte die Augen. Sie war noch ganz beseelt von diesem zarten Sex mit Mathis und irgendwie wollte sie dieses Gefühl nicht durch diesen Bulldozer von Dylon dem

Erdboden gleichmachen. Wieder einmal sagte sie sich, sie müsse sich von Dylon trennen. Er sei ihre Sonne hatte Steff gesagt. Doch er war eher ihr Fixstern. Sie war gespannt darauf, ob er von der Sache mit Mathis schon Wind bekommen hatte. Sie hatten eine klare tit for tat Vereinbarung. Alles was Dylon ihr zumutete, würde sie auch Dylon zumuten. Er hatte nicht das geringste Recht sie für ihre Affären zu kritisieren. Fraglich war nur, ob er diese Demütigung tatsächlich wortlos hinnehmen würde.

»Ich freue mich auch«, log Victoria, ohne sich dabei besonders anzustrengen, denn für Dylon war es selbstverständlich, dass alle sich auf ihn freuten.

Sie machte sich nicht die Mühe, selbst den Salat herzustellen. Sie rief beim Service an, bestellte ihn, dazu etwas Brot. Keine Suppe, kein Hauptgericht, einfach nur Salat, davon aber jede Menge und immerhin einen sehr guten.

Brad begrüßte die Gäste pflichtgemäß freundlich an der Wohnungstür. »Wirklich ein niedlicher Hund«, sagte Josef, nachdem er ihn auf den Kopf getätschelt hatte, was Brad mit einem sehr leisen Knurren quittierte, was allerdings nur Victoria hörte. Denn Brad war alles andere als niedlich. Cindy hauchte ein »Entzückend«, suchte aber keinen Kontakt zu Brad.

»So, ihr überlegt euch also, einen Hund anzuschaffen«, knüpfte Victoria an das Gespräch aus dem Restaurant an.«

»Ja«, sagte Josef, »es ist gut für die Gesundheit und Cindy hätte ein wenig Gesellschaft, wenn ich mal wieder viel arbeiten muss, um die Zone zu retten.«

Cindy verdrehte die Augen. Sie war Fitnesstrainerin und jeder, vermutlich außer Josef, wusste, dass sie sich ganz gut alleine beschäftigen konnte, indem sie ein individuelles

Training für junge Männer anbot. Vermutlich hatte sie ein ähnlich kompliziertes Verhältnis zu Josef wie sie zu Dylon. Der hatte tatsächlich schon eine ganze Minute geschwiegen, hob an, um einen Kommentar zu geben, doch Victoria kam ihm zuvor.

»Bei unserem verschwenderischen Lebensstil, ist es natürlich wichtig, dass Männer wie du für das notwendige Kleingeld sorgen«, schmeichelte sie ihm, weil sie wusste, dass ein weichgespülter Mann recht freigiebig mit Informationen war. Sie hatte dieses Spiel fast zwanzig Jahre geübt und perfektioniert.

Inzwischen hatten sie sich an den großen runden Tisch gesetzt, Victoria hatte die große Salatschüssel in die Mitte gestellt, Dylon eine Flasche alkoholfreien Wein geöffnet, was auf ein Glas zu viel in den letzten Tagen schließen ließ. Cindy quittierte den Salat mit einem Lächeln, bei Josef gingen die Mundwinkel in die andere Richtung.

»Ja, wir haben ziemliche hohe Ausgaben, insbesondere die Kosten für die Bildung sind gewaltig. Es geht leider auch nicht immer alles gut mit meinen kleinen Investitionen. Die ethischen Richtlinien bremsen mich aus. Ich könnte so viel mehr erreichen mit ein wenig mehr Spielraum, doch unter uns … wir haben da ein sehr großes Ding am Laufen. Und ich begleite das Ganze, weil ich eben soo gut mit Zahlen kann.«

»Tatsächlich, ein großes Ding?«, schnurrte Victoria und schaute Josef mit großen bewundernden Augen an.

»Ach, ich darf darüber nicht reden«, die Bewunderung einsteckend wie ein dargereichtes Taschentuch, »es wird schon gutgehen, wir müssen eben bereit sein, Risiken einzugehen, wenn es nicht anderes geht, aber wir müssen auch zusammenhalten. Es kann nicht sein, dass Einzelne im Alleingang handeln. Wir sind eine Gemeinschaft.«

Erschöpft von dieser pathetischen Rede wandte sich Josef seinem Salat zu und endlich kam Dylon zu Wort: »Wir wollen alle hierbleiben. Vielleicht ist es sogar möglich noch eine Insel zu pachten. Irgendwo in der Nähe.«

Josef schien sich zu verschlucken und spülte den Hustenreiz mit dem Nullprozentwein herunter. »Ja«, ergänzte er und sah dabei Victoria direkt an: »Wir wollen hierbleiben und wir sind bereit viel dafür zu tun.«

War das nun eine Entschuldigung für den Mord? Oder sollte es ein Test sein, inwiefern sie da mitzog? Sie hatte ihre Mimik gut genug im Griff, dass sie ihr nicht eine Sekunde unkontrolliert entgleiste: »Selbstverständlich. Es ist etwas Größeres als einzelne Individuen. Wir haben eine Idee, eine Vision und einen Auftrag«. Ihre Stimme war fest. Sie hatte sich etwas mehr aufgerichtet, schaute Josef direkt in die Augen, aber sicher würde er sich nicht mit dieser gelungenen Lüge zufriedengeben und weiter nachforschen, weiter hinter ihr her spionieren.

Es wurde Zeit Luft zu holen.

Cindy lächelte und sorgte für einen Themenwechsel: »Ich soll einmal in der Woche in die Schule. Sie möchten, dass ich dort ein personalisiertes Einzeltraining anbiete. Josef hat schon recht, dieses Bildungssystem frisst uns noch auf. Es ginge doch sicher auch ein wenig günstiger.«

Beide hatten keine Kinder. Der Streit über dieses sehr kostenintensive Bildungssystem flackerte immer wieder auf. Bisher hatten sich stets die Fürsprecher durchgesetzt, auch mit finanziellen Argumenten. Es gab bereits Absolventen, die in die Safe-Zone zurückgekehrt waren, nach einem Studium irgendwo auf der Welt und nun große Geldsummen erwirtschafteten.

Als Eltern verteidigten Dylon und Victoria natürlich die großen Summen, räumten jedoch ein, dass, bevor es zu einer Gefährdung der Gesamtzone kommen sollte, natürlich alle Ausgaben auf den Prüfstand mussten. Josef hatte sich während der Diskussion untypischerweise etwas zurückgehalten. Er kam nun ebenfalls zu einem Themenwechsel und zog sein Tablet aus der Tasche.

»Es gibt etwas Neues«, sagte er mit leuchtenden Augen und überführte das Gerät vom Ruhemodus in die Aktivität. »Die KI hat einen tollen Vorschlag gemacht und ich bin in der Modellprojektphase mit dabei. Sie meinte, wir sollten das wissen, was sie auch weiß. Das ist eine Darstellung wo wir alle zu finden sind.«

Ein Bild erschien auf dem Tablet. Umrisse der Insel waren zu erkennen, dazu eine ganze Menge Punkte in den Farben grün, blau und gelb. »Grün sind wir, blau das Personal, Gelb die Kinder.«

Josef zoomte einen Ausschnitt, den, wo sie sich gerade befanden, ein wenig näher heran, nahm vier grüne Punkte ins Visier, klickte auf einen davon und prompt wurde sein Name angezeigt.
»Prima«, meinte Dylon, »dann kann ich ja sofort herauskriegen mit wem mich Victoria betrügt.« Er schaute zu Victoria mit seinem typischen durchdringen Blick, die dem standhielt, doch ihr war klar, dass dies eine Anspielung auf Mathis war. Dieser Fuchs, woher wusste er das nun schon wieder?
»Freiheit hat ihren Preis. Aber was geht über Freiheit?«, erwiderte Victoria mit klarer Stimme. Zu dem hörbaren Fragezeichen am Ende der Frage hatte sie ein tonales kräftiges Ausrufezeichen gesetzt.

Dylon verstummte wieder, weil er noch mehr Angst vor einer Diskussion mit Victoria hatte als vor ihren Affären. Sie hatten eine klare Vereinbarung, doch dass sie sich die gleichen Rechte herausnahm wie er, das hatte es bei anderen Frauen nie gegeben. Es war wie eine Wunde, die sich einfach nicht schloss und einen ewigen Juckreiz auslöste.

Victoria schaute eher betont gelangweilt auf den Bildschirm, wissend, dass sie dieses Programm brauchte und zwar schnell. Josef meinte: »Es ist absichtlich nicht so genau eingestellt, dass wenn zwei vögeln, die Punkte quasi übereinander liegen, sie haben die Zone in Quadrate eingeteilt, aber ob du jetzt bei deiner neuen Flamme bist oder in der Wohnung daneben oder in der danebern, lässt sich nicht feststellen. Ich finde es toll.«

»Kann ich auch jemanden suchen?«, fragte Victoria maßvoll interessiert. Es war verwirrend. Wenn Josef ihr misstrauisch gegenüberstand, würde er ihr kaum ein derartiges Werkzeug in die Hand geben. Oder traute er ihr einfach nicht zu es sich beschaffen zu können? Wollte er einfach nur ein wenig angeben?

»Klar, wen willst du suchen? «

»Meine Tochter Mary. «

»Und Henry«, ergänzte Dylon, der sich immer gut mit Henry verstanden hatte, im Gegensatz zu ihr, weil er ihm so ähnlich war. Mit Mary hatte Dylon kaum etwas zu tun. Er hielt sie für zu schwach, irgendwie für zu anders, nicht taff genug.

»Ist Henry in der Zone?« fragte Victoria nach. Himmel, es war ihr Kind. Schon öfters ist es passiert, dass Henry in der Zone war und sie nichts davon erfahren hatte.

»Oh, er ist eigentlich recht oft hier«, sagte Dylon triumphierend, »erst am letzten Wochenende hatten wir gemeinsam eine Segeltour gemacht.«

Also schaute Josef erst nach Henry und dann nach Mary. Mary hielt sich wenig überraschend in ihrer Wohngemeinschaft auf und Henry war tatsächlich da. Er war in einer der vielen Jugendbegegnungsstätten. Eine Art Jugendzentrum mit Freizeitangeboten, Kicker- und Billardtischen, Dartscheiben, Schachbrettern. Es gab auch welche die thematisch gebunden waren und andere, die bestimmte Dinge erlaubten oder verbaten. Alles so selbstverwaltet wie es ging.

Victoria wollte nicht denken »Das ist ja typisch für meine Kinder«, dachte es dennoch. Henry hatte sie schon vor langer Zeit verloren, Mary verlor sie jetzt. Wie unglücklich machte sie das?

»Faszinierend«, sagte Victoria ehrlich beeindruckt. Natürlich war Josef vor ein paar Tagen deshalb in das Restaurant gekommen. Er wollte zu ihr und er wusste, wo sie anzutreffen war. Und nun war er hier. Er hatte, wie sie auch, ein wenig ihre Stimmung und ihre Zonenstabilität abgeklopft. Mehr konnte er kaum tun, ohne sich nicht verdächtig zu machen. Victoria hatte bestanden. Sie merkte es an seinen sich immer öfter entspannendem Kiefernmuskel. Gleichzeitig wusste sie, er würde seine Bedenken nicht so schnell völlig aufgeben. Josef war ein Terrier.

»Wir sollten gehen. Die Nächte sollten nicht anstrengender als die Tage sein«, sagte Cindy, nachdem Victoria auf eine imaginäre Uhr geblickt hatte, was natürlich nur Cindy bemerkt und verstanden hatte. »Natürlich«, Josef erhob sich, fast ein wenig erfreut von Salat Nullprozentwein und Victoria wegzukommen. Dylon begleitete ihre Gäste mit zur Tür, so als wäre er der Hausherr und als sich diese geschlossen hatte sank er vor ihr auf die Knie.

»Es tut mir leid, ich weiß, dass du Josef nicht leiden kannst, aber er ist zu wichtig für mich. Er verkauft meine Roboter und er ist mein Freund. Du hast alles Recht mich zu bestrafen.«

»Zieh dich aus und wasche mir die Füße«, bellte Victoria, ohne sich ganz ein Grinsen verkneifen zu können, doch mit dem Eingeständnis, dass sie Lust auf diesen schrägen Sex mit Dylon hatte.

Eine gute halbe Stunde ließ sie sich ihre Füße von Dylon verwöhnen. Waschen, Trocknen, Einkremen, Küssen. Auch sie hatte sich inzwischen ihrer Kleidung entledigt. Sie saß während der Prozedur vor ihm auf einem Stuhl er hockte auf dem Boden. Ab und zu teilte sie einen Tritt aus, wenn der Kuss nicht sanft genug war, die Creme nicht gründlich genug verteilt wurde. Schließlich ließ sie ihn sich auf den Rücken legen, begab sich auf ihn, sog ihn in sich hinein. Sie ließ sich Zeit, bestimmte das Tempo, kontrollierte ihn. Immer wenn er kurz vor dem Orgasmus war, schlug sie ihn mit der flachen Hand kräftig ins Gesicht, hörte einen Moment auf sich zu bewegen, um dann wieder zu beginnen. Irgendwann hörte sie auf.

»Heute trennen wir uns ohne Orgasmus. Keiner für dich und keiner für mich. Das ist die Strafe.«

Dylon akzeptiere. Bevor sich die Tür hinter ihm schloss, flüsterte er »Ich liebe dich Victoria, ich liebe dich.«

Victoria sagte nichts, ging in ihr Schlafzimmer und suchte sich einen Vibrator.

16.

Bevor sie noch zur Schule fuhr, meldete sie sich für einen weitere Besuch am Nachmittag bei Steff an. Sie würde heute zur Schule joggen, dann könnte sie etwas Zeit sparen. In der Schule plauderte sie mit einer Kollegin, die sich ausführlich für Victorias Unterstützung bedankte. Die Schüler*innen mochten sie, sie bekam Anerkennung von den Kolleg*innen und dennoch vermisste sie ihren alten Job, ihr Flamingo-Café-Büro, die Verantwortung, wer hier leben durfte und wer nicht.

Und dann auf dem Weg zu Steff, begegnete sie Henry ihrem Sohn. »Henry, wie schön dich zu sehen«, begrüßte sie ihn, sich darum bemühend, ihn nicht anzuklagen, dass er in der Zone war und sich nicht bei ihr gemeldet hatte. »Was macht das Studium?«

»Hi, Mom«, Henry blickte sich kurz um, als wollte er sich vergewissern, dass niemand ihn sah. »Ja, ich kann hier vielleicht ein Praktikum machen. Bei Alpha Invest. Ich bin hier, um ein paar Tage zu hospitieren.«

»Atmen«, dachte Victoria, »einfach weiteratmen.«

»Wie schön«, log sie. Sie hatte schon eine ganze Weile aufgehört Henry für seine Entscheidungen, die denen von Dylon stets ähnlich waren, nicht zu kritisieren. Sie wollte sich diesen Rest erhalten, diesen letzten Rest Zuneigung, der da noch irgendwo bei ihnen beiden noch existierte, doch täglich unaufhaltsam weniger wurde. Sie sagte auch nicht, dass er ein bequemer Lump sei, der sich von seinem Vater bei dessen Freund einen Praktikumsplatz verschaffte, anstatt selbst auf die Suche zu gehen. Diese Kungeleien hatten sie immer angewidert. Ganz konnte sie ihre Mimik nicht kontrollieren. Ihr Lächeln musste etwas zu aufgesetzt wirken. Keine gute Möglichkeit die Beziehung zu ihrem Sohn wieder in eine Freundliche zu verwandeln.

»Ja, du glaubst nicht, mit was für Summen die da jonglieren. Und Josef ist einfach sehr nett. Er hat mich neulich mit zum Golfspielen mitgenommen.«

»Wie schön«, wiederholte sich Victoria. Um es nicht noch schlimmer zu machen, verabschiedete sie sich mit einer vagen Einladung zum Essen. Er würde sie sicher nicht wahrnehmen und sie konnte es nicht verhindern es nicht zu bedauern.

Manchmal fragte sich Victoria, weshalb sie ihren eigenen Sohn nicht leiden konnte, weshalb dieses Gefühl, was sie in den ersten Jahren für ihn empfunden hatte sich immer mehr zurückgezogen hatte, sobald er angefangen hatte zu sprechen und Fliegen systematisch zu töten. Er hatte immer auf der Seite seines Vaters gestanden, niemals auf ihrer in diesen zahllosen Konflikten, die sie mit Dylon ausgetragen hatte. Er vergötterte Dylon. Vermutlich war er der Einzige in der Zone, der ihr einen Vorwurf daraus machte, Dylon zumindest offiziell verlassen zu haben.

Als Psychologin wusste sie natürlich, wollte sie die Beziehung zu ihrem Sohn retten, würde sie sich selber verändern müssen. Es war ein entscheidender Schritt jeder Therapie klar selbst Verantwortung für das eigene Tun, das eigene Leben zu übernehmen. Nichts abzuschieben auf Andere, niemals auf das Wohlwollen oder die Veränderung der Anderen zu warten.

Eine weitere psychotherapeutische Logik war die der Übertragungsidee. Alles, was einem an anderen Menschen stört, ist Teil des ungeliebten, oft verdrängten Selbst. Die Lösung muss dementsprechend in der Ordnung, der liebevollen Annahme aller inneren Anteile liegen, deren Transformation in eine Art höheres Selbst und wie durch Zauberhand verwandelten sich damit die Schrullen der anderen, wurden zu interessanten respektablen Eigenschaften. Es war der einzige Weg Frieden zu finden und dieser Weg führte von innen nach außen.

Seit Jahren versuchte sie zu fassen, was genau es war, was sie an ihrem Sohn und Dylon nicht leiden konnte, diese tiefe Abscheu, die regelmäßig Übelkeit hervorrief. War es diese Arroganz? Das sich für etwas Besseres halten? War es das Böse, was so viel deutlicher als bei anderen Menschen immer wieder hervortrat, auch wenn sie davon überzeugt war, dass jeder etwas davon in sich trug? War es diese Form der brutalen, toxischen Männlichkeit, die Frauen im Grunde nicht als ebenbürtig akzeptierte, stets durch das Geschlecht einen berechtigten Vorteil zu haben, selbstverständlich die dominante Männlichkeit als natürliche Überlegenheit der Welt prägte, ihr eine Ordnung gab oder die männliche Sexualität, die besitzt, über das Weibliche verfügt, penetriert, aufspießt und anschließend im Staub zurücklässt. Alles, alles dreht sich um sie selbst. Die Welt, erschaffen zu ihrem Vergnügen, ihrem Gestaltungswillen, nein, Gestaltungszwang zu unterwerfen.

Und sie sollte genauso sein? Damit sollte sie sich versöhnen? Der übliche Würgereiz überkam sie wieder. Sie konnte das unmöglich allein bewältigen. Sie brauchte Hilfe. Sie musste sich helfen lassen, um ihren Sohn und ihren Mann und damit sich selber nicht mehr zu hassen. Henry als Kind konnte nichts dafür, diese Eltern zu haben. Sie hatten ihn dazu gezwungen, sie hatten ihn dazu gebracht so zu werden, dass sie ihn nicht leiden konnte. Was für eine Bürde.

Es war einer der Gründe dafür, weshalb die Erziehung hier ausgelagert wurde: Die Kinder sollten nicht Opfer ihrer Eltern werden. Sie sollten unabhängig von den psychischen Störungen, reflexartigen Übertragungen, toxischer Konstellationen, destruktiver Paardynamiken geschützt werden. Durch die Erziehung jenseits des Blutes wurde diese Gefahr minimiert. Die Kinder konnten sich entfalten, sie konnten frei sein, ohne bewusste oder unbewusste Aufträge der Eltern abzuarbeiten, ohne psychische Anteile der Eltern zu ihren eigenen zu machen und damit sich selbst, ihre eigenen Leben zu ruinieren.

Nun ja, bei ihren Kindern hatte das nicht funktioniert. Sie wollte sich mit ihren beiden Kindern gut verstehen und sie war im Prinzip bereit, sich dafür zu verändern. Aber nicht jetzt, jetzt musste sie erst einmal zu Steff.

17.

Die fröhlichen Blumen im Wintergarten standen in einem eigenartigen Kontrast zu Steffs Haltung. »Victoria, gut, dass du da bist. Ich wollte auch mit dir sprechen«, begrüßte Steff sie.

»Okay, lass hören, was ist los?«

»Es geht irgendetwas vor sich und ich werde nicht informiert, was bedeutet, dass es sich um eine eher schmutzige Angelegenheit handelt. Es muss etwas mit diesem Alzheimermedikament zu tun haben. Dort ist der Nebel am dichtesten. Gleich zwei der Entwickler sind verschwunden. Einer ist an einem Schlaganfall gestorben, der andere offenbar wegen familiärer Angelegenheiten in Deutschland.«

»Ja«, sagte Victoria, »ich habe davon gehört.« Sie hoffte in Steff nun wirklich einen Verbündeten gefunden zu haben und beschloss, etwas mehr Informationen preiszugeben.

»Ich kenne jemanden, der jetzt der Pharmaabteilung, die das Alzheimer-Medikament entwickelt, zugeordnet wurde. Er meinte, es ist da alles sehr heiß. Viele Kontrollen, viel Zeitdruck. Er hatte mir von einem Entwickler erzählt, der einen Schlaganfall erlitten hatte. Und … ich habe auch den Eindruck, dass hier etwas Schräges abläuft. Ich bin in die Schule versetzt worden und habe keinerlei Zugriff mehr auf die Ein- und Ausreisen.«

»Oh«, meinte Steff, »das wusste ich nicht. Also ist Oksana involviert. Vermutlich auch ihre Mutter. Wir brauchen mehr Informationen. Wer ist das, der jetzt bei der Pharma arbeitet?«

»Mathis. Wir sind einander zugeordnet worden für das verpflichtende Ehrenamt. Im Moment bepflanzen wir Kreisel und … er ist mir ein Freund geworden.«

»Victoria, bitte. Versuche etwas mehr herauszufinden. Wir müssen erfahren, was hier läuft.«

Es war, als hätte Steff ihr einen Kübel Eiswasser über den Kopf geschüttet. Sie hatte geglaubt, sie hätte doch eine Chance, eine saubere, ehrliche Beziehung zu Mathis, diesem wundervollen Mann, aufbauen zu können. Sie dachte, sie hätte eine zweite Chance. Und nun sollte sie ihn aushorchen. Mathis noch einmal hintergehen.

»Könnte es sein, dass Dylon damit etwas zu tun hat?« fragte Steff weiter, der es offenbar nicht für notwendig hielt, eine Antwort von ihr zu erhalten, deren Inhalt ihm ohnehin klar war.

»Ich weiß es nicht. Üblicherweise steckt Dylon mittendrin, wenn es um Schmutz geht. Ich schau, was ich tun kann.« Bevor Steff mit den Abschiedsfloskeln beginnen konnte, brachte sie den eigentlichen Grund ihres Besuches vor: »Steff, es gibt diese neuen Ortungsgeräte und einen Modellversuch. Ein paar Zonenmitglieder dürfen das ausprobieren. Ich brauche so ein Gerät.«

»Klar«, meinte Steff, »den People-Scanner. Ich will jetzt keinen offiziell für dich beantragen. Das würde nur zu Misstrauen führen. Ich gebe dir einfach meins.«

Erleichtert wartete Victoria, bis er es geholt und ihr ausgehändigt hatte.

»Und ... kümmere dich um das Ehrenamt, Victoria. Ich brauche dich hier im Inner circle. Am besten du suchst dir die unbeliebteste Arbeit von allen aus.«

»Ja, natürlich. Bis bald, Steff.«

»Ich verlasse mich auf Dich.«

Von Steff joggte sie nach Hause, um über das Gesagte nachzugrübeln. Der Schlaganfall. Ein Kribbeln in der Magengegend zeigte ihr an, dass diese Information wichtig war, die sie fast wieder vergessen hatte. Diese Schülerin hatte doch neulich von ihrer Mutter erzählt, die auch einen erlitten hatte. Mathis hatte recht. Eine absolut untypische Erkrankung für diese Zone. Für dieses engmaschige Netz an Prävention und dem ausgeprägten gesundheitsfördernden Verhalten.

Kaum war sie zu Hause, holte sie Steffs Tablet raus. Mal schauen, wer wo war. Dylon war wenig überraschend in seiner Werkstatt, Henry in einer Jugendgästeunterkunft, Mary, auch nicht anders zu erwarten, an den Klippen und Josef war in der Stadt. Wo genau, war nicht zu erkennen, dafür war die Auflösung zu ungenau. Wo Mathis war, traute sie sich nicht nachzuschauen.

Für diesen Abend hatte sie sich zu einem kleineren klassischen Konzert im Chateau angemeldet: Brahms Klarinetten-Sonate f-Moll und noch ein anderes Stück von Théodore Gouvy. Wenn Dylon eben noch in der Werkstatt war, würde er wohl nicht kommen und sie war froh darüber. Praktisch, so ein Gerät.

Später, als sie wieder zu Hause war, nahm sie sich Steffs Bitte zu Herzen und begab sich auf die Suche nach einem weiteren Ehrenamt. Etwas Unbeliebtes. Na gut. Mal schauen. Sie ging die Liste im Intranet durch: Es gab eine kleine Station um verletzte Tiere zu versorgen, inklusive Ställe säubern, Tiere zählen im Naturschutzgebiet, einige der Jugend Cafés kontrollieren (Drogen, Glücksspiel, Gewalt), Fahrräder reparieren, Strandpflege, QuiBus fahren für das Personal, AGs mit Kindern, Pflanzen kartieren im Naturschutzgebiet. Die Liste war noch lang.

Spontan entschied sie sich dafür QuiBus-Fahrerin zu werden. Es gab früher diesen Minibus, der hauptsächlich Touristen quer und längs für einen Euro über die Insel brachte. Sie hatten sich diesen Service für das Personal erhalten und hauptsächlich pendelte der Bus zwischen Quiberon Stadt, Saint Pierre und dem Kinder- und Jugendbereich. Die Fahrzeuge hatten sie durch noch kleinere Elektrobusse ersetzt, doch es gab einen regulären Fahrplan und natürlich auch echte Busfahrer. Die KI hatte es dennoch als Ehrenamt ausgeschrieben, vermutlich weil es so etwas Dienendes und Unterwürfiges an sich hatte. Sie hoffe, dass es für Steff unbeliebt genug war.

Sie konnte einfach nicht wiederstehen, noch einmal ihren Nächsten hinterher zu spionieren. Es war inzwischen kurz vor elf. Mal sehen wer wo war. Dylon war immer noch in seiner Werkstatt, vielleicht in den Armen einer Roboterfrau. Henry im Jugendgästehaus, Josef offenbar bei sich zu Hause, Mathis ebenfalls, Mary noch immer in den Klippen.

Was? Immer noch in den Klippen? Das konnte nicht sein. Sofort griff Victoria zum Telefon, um bei ihrer Betreuerin anzurufen. Niemand hob ab. Ein Gefühl voller böser Ahnungen durchfuhr, von der Mitte ausgehend, ihren Körper. Etwas stimmte da nicht. Sie schnappte sich das Gerät und Brad und ein Elektrorad und fuhr, nein, raste zu den Klippen, zu dem gelben Punkt. Brad kam kaum hinterher, doch sie konnte ihre Fahrt nicht verlangsamen. Er würde sie schon finden. Sie und Mary.

Immer wieder zog sie das Tablet aus der Tasche, um sich dem exakten Standort zu nähern. Sie wusste nicht, wo Marys Lieblingsplatz war, sie wusste nicht, was Mary mitten in der Nacht an den Klippen machte, sie wusste zu wenig über Mary, weil sie sie nicht leiden konnte und dennoch liebte sie sie.

Schließlich fand Brad ihre Tochter. Sie lag da, ganz still in der kühlen Herbstluft. Zu kühl, um so dort zu liegen. Mit der Lampe vom Handy strahle sie Marys entspannten Körper an und sah das Blut, das aus ihrem Handgelenk herausgetreten waren. Eine große Lache hatte sich gebildet und Mary war eiskalt. Ein Puls? Sie musste überprüfen, ob ein Puls zu spüren war. Sie spürte einen am Hals. Schwach, aber er war da. Sofort rief sie den Notdienst an. Was konnte sie noch tun? Wärme! Mary brauchte Wärme. So dicht wie möglich schmiegte sie ihren Körper an den von Mary und wies Brad an, den Rettungsdienst zu ihnen zu führen.

»Mary, Mary, halte durch. Ich bin es, Mami. Du willst leben. Ich weiß, dass du eigentlich leben willst.« So redete sie in einer Endlosschleife auf Mary ein, bis endlich die Sanitäter kamen, Mary in eine goldene Polyesterfolie einwickelten, sie auf eine Trage legten und sie alle zur Krankenstation fuhren. Mary würde überleben. Aber wollte sie auch überleben? Die meisten Suizide oder Suizidversuche waren eher Hilferufe, als die ernsthafte Absicht zu sterben. Die meisten.

Victoria blieb bei Mary, obwohl diese schlief. Sie wollte bei ihr sein, wenn sie die Augen aufschlug. Sie wollte ihre Hand halten. Sie wollte ihr zeigen, dass sie bei ihr war und sie liebte, auch wenn das nur die halbe Wahrheit war. Was war sie nur für eine Mutter? Also musste es andersherum gehen. Durch ihr Dasein, die Nähe, die sie jetzt zu Mary hatte, würde auch ihre Liebe zu ihr wachsen. Sie konnte einen Funken bereits jetzt in sich spüren, einen Funken, den sie nur nähren musste, mit ihrem Dasein, ihren Händen, die die von Mary hielten.

Dennoch würde sie sich für eine Weile von ihr verabschieden müssen. Die Zone duldete keine Erkrankungen. Weder physische noch psychische. Mary würde aufs Festland abgeschoben werden. Sie würde in eine bessere Jugendpsychiatrie kommen, und sie würde nie wieder hierherkommen. Vielleicht hatte Mary das gewollt. Sie hatte nie in diese Zone gepasst und nie in diese Familie. Vielleicht gab ihr das ein wenig Zeit, zu einer Mutter zu werden. Zu Marys Mutter.

Victoria würde dafür sorgen, dass auch die Betreuerin die Zone verlassen würde. Es war natürlich bekannt, dass Mary unter einer Depression litt, es war auch schon mal darüber gesprochen worden, sie aufs Festland zu bringen. Sie hatten aber immer wieder vor der Endgültigkeit dieser Entscheidung zurückgeschreckt und es ein ums andere Mal verschoben. Sie und Dylon natürlich auch, hatten ihren Teil dazu beigetragen.

Der Nachtpfleger kam mit zwei Tassen dampfend heißen Kaffee. Er reichte ihr eine davon, zog sich einen Stuhl in Victorias Nähe und setzte sich. Natürlich. Sie musste jetzt auch betreut werden. Der Pfleger hatte die Aufgabe herauszufinden, wie tief ihr Schreck saß. Nachdem sie ihn davon überzeugt hatte, dass sie zwar schockiert, traurig und bestürzt war, doch weder sich noch andere gefährden würde, fragte er, ob er Dylon anrufen sollte. Sie meinte: »Natürlich, er ist schließlich der Vater.« Kurz darauf kam der Pfleger zurück und Victoria wusste schon, was er sagen würde: Dylon sei beschäftigt und da Mary nun schlief war ja ohnehin nichts zu tun. Tja, Mary war eben nicht Henry. Auch von der Jugendbetreuung kam niemand. Ob aus Desinteresse oder Personalmangel oder Scham war jetzt nicht festzustellen.

Leon setzte eine weitere Kanne Kaffee auf und sie war dankbar dafür, dass er in ihrer Nähe blieb. Nun hatte sie Mary ganz verloren. »Arbeitest du öfter hier?« fragte sie, um sich ein wenig abzulenken, um diesem Gedankenkarussell aus Selbstvorwürfen zu entkommen. »Ja, schon seit ein paar Jahren. Es gefällt mir hier auf der Insel. Es ist ein guter Job. Oft gibt es nicht viel zu tun.« Er gestand, dass er Gedichte schrieb und ihn die oft einsamen Nachtschichten inspirierten. Victoria fragte nicht danach, sich ein Gedicht anschauen zu dürfen. Stattdessen fragte sie: »Ich habe jetzt schon von zwei Schlaganfällen gehört. Ich bin ja eine medizinische Laien, doch ist das nicht untypisch für diese Zone?«

Offenbar mochte er sie, denn Leon berichtete über bereits fünf Schlaganfälle. Einen vor einem guten Jahr, einen vor etwa einem halben Jahr, zwei vor ein paar Monaten und einen erst kürzlich. Er fände das auch ungewöhnlich. Keine Risikofaktoren. Und die Menschen waren gar nicht mal so alt. Doch der menschliche Körper ist letztlich ein Rätsel. Er habe schon einen Nichtraucher an Lungenkrebs sterben sehen. »Oh, fünf«, wiederholte Victoria, für einen Moment geistig weit weg von Mary.

Bereits zwei Tage später wurde Mary aufs Festland verlegt. Sobald sie wieder etwas klarer war und Mary realisiert hatte, was geschehen war, hatte sie ihre Mutter weggeschickt. Dylon und Henry waren für ein paar Minuten mit ein paar Blumen vorbeigekommen, die verdächtig nach denen aussahen, die sie neulich mit Mathis in die Kreisel gepflanzt hatte und ein unpassendes »Gute Besserung« gewünscht.

Die Betreuerin war zu dem Zeitpunkt gar nicht da. Victoria hatte ausdrücklich darum gebeten, regelmäßig nach Mary zu sehen, doch sie war zu verliebt und zu beschäftigt mit ihrem neuen Freund, als dass sie dem Folge leisten wollte. Sie wurde verwarnt und musste sich fortbilden, sonst geschah nichts. Auch Mathis hatte von dem Unglück gehört. Er hatte ihr seine Schulter angeboten, die sie für eine ganze Nacht dankend angenommen hatte. Eine Nacht voller Tränen und Reue und Mathis hatte es ausgehalten.

18.

Der erste Chauffeurdienst mit dem Quibus begann am folgenden Abend und sollte bis Mitternacht dauern. Es machte fast sogar Spaß mit dem Bus über die Insel zu fahren. Die Fahrgäste grüßten sie und bedankten sich immer freundlich, wenn sie wieder ausstiegen. Manchmal plauderte sie mit dem ein oder anderen Fahrgast, worauf sie zufrieden feststellte, wie gut ihre Wahl gewesen war. Sie konnte nicht nur gesehen und für ihr Ehrenamt anerkannt werden, sondern auch Informationen erhalten, zu denen sie sonst vielleicht keinen Zugang bekommen hätte. Kurz vor Feierabend rief Dylon an. Er meinte, er wolle mit ihr über Henry sprechen und Victoria erstarrte für einen Moment.

Henry? Es war doch wohl nichts mit Henry passiert? Würde sie noch ein Kind verlieren, selbst wenn sie ehrlicherweise zugeben musste, dass Henry für sie quasi schon verloren war, aber immerhin ging es ihm gut. Er war gesund und fit mit einer wunderbaren Zukunft vor sich.

»Muss ich mir Sorgen machen?« fragte sie sogleich, »Was ist passiert?«

»Nichts Bedeutendes. Aber ich möchte gerne persönlich mit dir darüber sprechen. Kannst du vorbeikommen?«

»Ja, natürlich. Wo bist du?«

»In der Werkstatt.«

»Gut, ich bin mit dem Quibus unterwegs. Ich muss noch eine Runde drehen, dann komme ich vorbei.«

Kurz vor Mitternacht kam sie in der Werkstatt, die nord-östlich von Quiberon Stadt lag an. Er hatte sich die kleinen Kirche St. Julian unter den Nagel gerissen und sie zur Werkstatt umgebaut. Sie mahnte sich zur Geduld, als Dylon sie bat sich auf das Sofa zu setzen, ihr ein Glas Orangensaft anbot und fragte, wie es ihr ging. Natürlich nahm Mary einen großen Teil ihrer Gedanken ein: »Vielleicht ist es besser so für Mary. Sie hat sich hier nie so richtig wohlgefühlt, doch es ist schwierig für mich, sie nicht in meiner Nähe zu wissen.«

Pflichtschuldig und ernst nickte Dylon, wollte aber offenbar weder einen ehrlichen noch einen unehrlichen Kommentar abgeben. Victoria anzulügen hatte sich immer mehr für Dylon als nutzlos erwiesen. Zu gut kannte sie ihn, zu schnell durchschaute sie ihn.

»Was ist mit Henry?« Victoria konnte mit dieser Frage nun wirklich nicht länger warten. Was, wenn noch etwas mit einem ihrer Kinder nicht stimmte? Dann wäre sie eine Komplettversagerin als Mutter.

»Oh«, beschwichtigte Dylon sie, »es ist nichts Schlimmes. Er hat sich verliebt. In eine Französin, eine Kommilitonin. Sie lebt also in Rouen. Du weißt, wie sehr er die Zone liebt und sie hat natürlich nicht die notwendigen Mittel, dass sie hierherziehen kann.«

Hörbar atmete Victoria aus. Er hatte sich verliebt. Das war auf jeden Fall keine schlechte Nachricht, auch wenn sie seine damit verbundenen Probleme erkannte. »Und nun?« fragte sie Dylon.

»Ich warte erst einmal ab. Wenn es sich als langfristig erweisen sollte, werde ich ihm helfen, dass sie hierherkommen kann. Ich denke, du wirst das auch tun.«

»Ja, natürlich«, murmelte Victoria, immer noch erleichtert darüber, nicht noch ein Problem, nicht noch eine Abwertung zu erfahren. Aber weshalb hatte Dylon sie hierhergebeten?

»Victoria«, begann er, als könne auch er ihre Gedanken lesen, »Ich bin ein bisschen in Bedrängnis. Josef setzt mich ziemlich unter Druck, jetzt zügig den männlichen Sexroboter auf den Markt zu bringen. Ich hatte da eine Idee und würde gerne wissen, ob sie funktioniert.

»Was ist mit Charlotte?« fragte Victoria.

»Ach, Charlotte. Charlotte bricht jedes Mal in Tränen aus, wenn einer meiner Jungs sie besteigt. Sie ist einfach nicht der Typ dafür.«

Victoria schluckte einen passenden Kommentar hinunter. Aber ganz umsonst sollte es nicht für ihn sein. »Du erinnerst dich an unsere Abmachung?«

»Tit for tat. Schon klar. Du glaubst nicht, wie oft ich in letzter Zeit Sex mit Maschinen hatte.«

»Sofort«, grinste Victoria, »doch hattest du auch Sex mit einer männlichen Puppe?«

Für einen Moment war Dylon sprachlos, doch einen Augenblick später nickte er. »Also gut. Wer fängt an?«

»Ich lege los«, ich gehe mal davon aus, dass dein Roboter die notwendige Ausdauer für uns beide hat?«

Dylon verdrehte nur die Augen. »Dantys, kommst du bitte mal her?

«

Ein junger blonder Mann, mit längeren Haaren, gekleidet mit einer Lederhose und einem weißen T-Shirt, löste sich aus einer Gruppe hübscher jungen Frauen, und Dyson, den männlichen Roboter, mit dem sie neulich Sex gehabt hatte, die vollkommen bewegungslos in einer Ecke verharrten, und kam überraschend geschmeidig auf sie zu.

Verflixt, er sieht aus wie Mathis. Mathis, ausgerechnet Mathis. Was zum Teufel wusste Dylon von ihr und Mathis?

Sie würde Dylon nicht danach fragen. Sie würde Mathis nicht in Gefahr bringen. Wenn Dylon etwas wusste von ihr und Mathis, musste er denken, Mathis sei nur ein vorrübergehendes Spielzeug für sie. Er durfte nicht erfahren, dass er ihr wirklich etwas bedeutete. Sie konnte über diesen perfiden Spielchen ihres Mannes stehen. Also atmete sie einmal tief durch, nachdem Dantys sie entdeckt hatte und nach einer Begrüßung gefragt hatte, ob er etwas für sie tun könne, breit und etwas zu arrogant grinsend, doch das musste sie zugeben, dennoch sympathisch.

»Setz dich doch neben mich, Dantys«.

Dantys setzte sich neben sie und schaute sie mit großen Augen an.

»Puh«, stöhnte Victoria, um den Roboter zu testen, der nahezu unheimlich gut und fast echt aussah, »ganz schön warm hier. Hilfst du mir aus meinen dicken Klamotten?«

Dantys zögerte. Wusste er nicht, was Klamotten sind? Oder war er nicht in der Lage dem Befehl Folge zu leisten?

Dann aber lächelte er noch ein wenig breiter und sagte: »Es ist mir ein Vergnügen.«

Victoria hatte sich von Dylon oft genug anhören müssen, wie kompliziert es für einen Roboter ist, eine Frau zu entkleiden, zart und vorsichtig und zu Beginn hatte er immer gemeint, dass es bei seinen weiblichen Robotern genüge, wenn sie sich selber ausziehen mittels dieser einfachen Klettverschlusskleidung. Sie hatte immer wieder betont, es sei eben wichtig und nun wollte sie sehen, ob Dylon Fortschritte gemacht hatte.

Victoria trug einen Pullover, eine Jeans, ein T-Shirt, darunter einen BH, Sneakers, Strümpfe und eine Unterhose. Er begann mit dem Pullover. Während er mit beiden Händen an den unteren Saum griff, neigte er sich nah zu ihrem Gesicht, stellte seinen Kopf etwas schräg, schloss ein wenig die Augen, öffnete ein wenig den Mund. Er bot ihr seinen Mund zum Küssen dar. Halb, weil er sie so an Mathis erinnerte, halb aus einem merkwürdigen Reflex heraus, drückte sie ihre Lippen auf seinen weichen Mund. Von ihrer spontanen Reaktion ermuntert, öffnete er mit seiner Zunge ihren Mund etwas mehr und umspielte die ihre mit einer perfekten Mischung aus Zärtlichkeit und Begehren. Konnte man sich von einem Roboter begehrt fühlen?

Die Antwort war ein klares »Ja«. Mit der notwendigen Vorsicht streifte er den Pullover über ihren Kopf schleuderte ihn ein paar Meter weit weg und machte das gleiche mit ihrem T-Shirt. Er scheiterte auch nicht an ihrem BH, ihren Schuhen oder ihrer Hose. Wow. Da hatte Dylon wirklich Fortschritte gemacht. Und Victoria hatte tatsächlich Lust bekommen, die natürlich Dantys erfreut mittels seiner zahlreichen Sensoren sowohl fühlen als auch riechen konnte. »Victoria, du bist so schön«, säuselte Dantys in ihr Ohr. »Ich glaube mir ist jetzt auch ziemlich warm geworden. Zu viele Kleidungsstücke … du weißt schon. Hilfst du mir?«

»Na klar.«

Zunächst zog sie ihm das T-Shirt über dem Kopf. Er hob seine Arme, um ihr ihr Tun zu erleichtern, fast natürlich. Fast natürlich vergrub sie gleich danach ihre Nase an seine Brust, spielte mit der Hand mit der genau richtigen Menge und Länge seines Brusthaares. Dantys roch nach einem kräftigen Herrenduft und ein wenig nach ... nach Schweiß.

Als sie an dem etwas geschickter verarbeiteten Klettverschluss seiner Hose zog und er schließlich ganz entkleidet neben ihr saß, schwieg er für einen Moment. Dann sagte er: »Was wünschst du dir? Soll ich dich küssen?«

»Ja«, hauchte Victoria, die sich im Moment nichts mehr wünschte, als von einem Roboter geküsst zu werden. »Küss mich, küss mich überall.«

Keinen Gedanken verschwendete Victoria daran, es könnte Dantys vielleicht unangenehm sein, sie so lange, so ausgiebig zu küssen, ohne selbst seine Bedürfnisse befriedigt zu bekommen. Keine Sekunde dachte sie daran, ob sie schön genug, begehrenswert genug war, ob die Position, in der sie gerade halb schräg auf dem Sofa hing optisch ansprechend aussah, ob sie im richtigen Maße ein Stöhnen von sich gab, um ihren Gegenüber zu motivieren weiterzumachen und Anerkennung zu vermitteln.

Victoria ließ sich gehen. Auch Dylon blendete sie fast vollständig aus, der sich netterweise etwas weiter in eine dunklere Ecke zurückgezogen hatte. Dantys befriedigte sie mit dem Mund, um kurz danach in sie einzudringen. Sie spürte, wie er in ihr etwas größer wurde, sie vollständig ausfüllte und mit so etwas wie einem Finger sanft ihre Klit berührte, obgleich Dantys Hände gerade mit ihren Brüsten spielten. Sagenhaft.

Jeden Impuls den sie bewusst oder unbewusst mit Worten, Gesten, Gerüchen oder Körperflüssigkeiten ausdrückte, nahm er auf, erkannte den dahinterstehenden Wunsch und führte ihn aus. Es war magisch. Es war der Wahnsinn. Er war sogar besser als Dylon. Die Frauen würden diese Roboter den Herstellern aus den Händen reißen und womöglich nie wieder mit einem echten Mann schlafen. Keiner konnte das leisten.

»Dylon«, murmelte sie überwältigt, »wie zum Teufel hast du das hinbekommen?«, nachdem sie körperlich vollkommen gesättigt war und Dantys gebeten hatte, zur Ruhe zu kommen.

»Ich bin eben gut. Ein paar Extrasensoren im Penis und die Wahrnehmungssensibilität der Sinnesorgane etwas hochgeschraubt. Ich glaube, das hat es gebracht.«

Und nach einer Weile, die er Victoria einräumte, um wieder ganz zu Atem zu kommen: »Kann ich noch etwas verbessern?«

»Ja, kannst du. Deine Roboter sollten noch mehr auf Berührungen mit Stöhnen und Komplimenten reagieren.«

»Die Idee hatte ich auch schon verfolgt, doch die KI hat mir davon aus moralischen Gründen abgeraten und dieses Reaktionsrepertoire doch sehr eingeschränkt. Es muss immer klar sein, dass es ein Roboter und kein Mensch ist und es muss ein Vorteil für den echten Menschen bewahrt bleiben.«

»Diese verdammte Macho KI«, dachte Victoria, »dieses Argument würde sicher niemanden bei einem weiblichen Sex-Roboter einfallen. Immer noch war nicht nur die Welt, sondern auch die KI männlich geprägt und dominiert.«

»Schade«, murmelte Victoria, ein kleiner Teil in ihr sah das Argument ein, obgleich es dann einfach noch besser wäre.

»Jetzt du.«

Für Dantys bedeutete dies noch eine Runde. Dylon versuchte erst gar nicht, mit Ausflüchten zu kommen. Er tausche einfach mit Victoria den Platz, schaute dem Roboter in die Augen und sagte: »Mir ist nach einem Kuss.«

Dantys zögerte einen Moment. Offensichtlich war diese Situation neu für ihn. Er kramte in seinen Datenbanken, um etwas über männliche Sexualität herauszubekommen. Dann aber brachte er seinen schönen Kopf in eine leichte Schräghaltung, neigte sich zu Dylon, suchte und fand seine Lippen.

Victoria musste ein paar Mal schlucken, während sie den Mann und den Roboter, der fast so aussah wie Mathis in einem innigen Kuss beobachtete. Dylon der diesen Blick spürte, vertiefte noch einmal die Intensität des Kusses, griff nach dem Roboterpenis, der in Dylons Händen an Festigkeit und Größe gewann. Kein Stöhnen. Doch Victoria hätte schwören können, dass dem Roboter das, was Dylon tat, gefiel. Lehnte er sich ein wenig zurück? War es ein wenig mehr Entspannung, die er in seinen Körper brachte? War es mehr Langsamkeit? Es waren subtile Zeichen, die am Bewusstsein vorbei wahrgenommen werden konnten.

Diese Roboter würden in nahezu jedes Schlafzimmer ziehen. Sie würden das komplette Liebes- und Seelenleben der Menschen durcheinanderbringen. Es würde Proteste geben und Dankbarkeit und eine Menge Diskussionsstoff. Auf jeden Fall würden sie viel Geld einbringen, egal was sie kosteten. Dylon hatte damit seinen Beitrag, die Zone zu retten getan. Er war mit diesem Kunstwerk ein wenig unantastbarer geworden. Seine Bonuspunktezahl würde in die Höhe schießen.

Auch Dylon entspannte sich zunehmend. Während er zu Beginn des Sexspiels immer wieder zu Victoria geblickt hatte, waren nun seine Augen geschlossen. Der Roboter blickte ihn natürlich unablässig an. Auf dem Rücken liegend, die Beine auf die Schultern des Roboters gelegt, der vor ihm hockte, machte sich Dylon bereit. Ein Lustschmerzschrei, so laut, dass Victoria einen Moment Angst hatte, der Roboter hätte Dylon ernsthaft verletzt, doch gleich darauf folgte ein Stöhnen danach ein »Danke Dantys. Es ist genug.«

Ein Mann ein Wort. Victoria war so stolz auf Dylon. Er war einfach der verwegendste und mutigste Mann der ganzen Insel und nun war er auch noch ein VIP geworden.

Dylon schickte Dantys zu seinen Kolleg*innen und winkte Victoria zu sich heran, schenkte noch Orangensaft nach und ein wenig Hochprozentiges dazu. Schnaps. Schon wieder. Kam er aus der gleichen Quelle, die sie im Dorf des Personals ausgemacht hatte? Wurde damit gehandelt? Oder war es legaler Alkohol, der reingeschmuggelt wurde? Das musste doch über kurz oder lang auffliegen. Es war riskant, doch Victoria konnte nicht widerstehen und Dylon brauchte nichts anderes notwendiger als das.

»Sie sind absolut überwältigend«, sprach Victoria das aus, was Dylon jetzt hören wollte und musste. »Sie sind nahezu perfekt. Sie werden die Welt im Sturm erobern.«

Eine Weile hingen beide angelehnt aneinander ihren Gedanken nach. Victoria musste sich ein paar Dylons schlechtester Charaktereigenschaften vor Augen führen, um sich nicht wieder in ihn zu verlieben, um diese Liebe zurückzudrängen, wo sie hingehörte: In die Vergangenheit. Nichts war richtiger als die Trennung von Dylon und sie musste diesen Weg weitergehen. Wie ein Scanner wanderten ihre Gedankengefühle zu Dylon. Inmitten eines Meeres aus Stolz und Wohlbefinden, spürte sie ein paar Wellen des Unbehagens. Bevor sie nachfragen konnte begann Dylon zu sprechen:

»Ich habe mit Franka gevögelt. Du weißt schon, die Frau von meinem Chef. Endlich. Leider steht sie nicht so auf Dominanz. Komisch, so einen Blümchensex hatte ich ihr gar nicht zugetraut. Aber, sie war so … so sexy mit ihren großen Augen, alle Farbe aus dem Gesicht weichend nach dem ersten Schlag mit dem Stock. Sie hatte es nicht kommen sehen, war völlig überrascht. Ich hatte sie mir über die Knie gelegt und, meine Güte, das weiß doch wohl die schlichteste Frau, was dann folgt. Natürlich hatte ich ihren Hintern mit der Hand vorbereitet. Ein paar leichte Schläge und sie schnurrte wie ein Kätzchen. Also sie hatte »Nein, hör auf«, gesagt. Leise. Man hätte es leicht überhören können. Ich hätte es fast überhört und ich hätte aufhören müssen. Victoria, du kennst mich, ich höre immer auf, wenn eine Frau »Nein« sagt. Aber dieses eine Mal. Ich weiß nicht, was da mit mir los war. Sie war so erschrocken. So sexy erschrocken. Ich konnte nicht aufhören. Ich habe noch einmal zugeschlagen. Ich war kurz davor zu kommen und dieser weitere Schlag ließ mich so gut explodieren. Ich dachte: »Das ist alles wert. Das ist so gut«. Aber war es natürlich nicht. Ich versuchte natürlich gleich, sie zu besänftigen, aber Franka schaute mich nur kalt an. Als hätte sie gewonnen. »Dafür wirst du bezahlen.«

Gewalt war ein absolutes Tabu in der Safe-Zone. Es konnte durchaus passieren, dass man nach einer Gewalttätigkeit sofort rausflog. Unabhängig davon, was man sonst noch so vollbracht hatte. Auf jeden Fall gab es einen Prozess, eine Menge Auflagen, Wiedergutmachungen, fast schon entwürdigende Maßnahmen und Victoria konnte sich nicht vorstellen, dass Dylon da eine gute Figur machte. Dylon stand in dieser Zone mit seinen sexuellen Neigungen immer schon mit einem Bein draußen. Die ganzen Jahre über war er geschickt oder raffiniert oder auch mal frech gewesen und ist damit durchgekommen. Und nun das.

»Sie hat dich reingelegt?« fragte Victoria, halb erschüttert, aber auch ein wenig amüsiert.

»Ich weiß es nicht. Ich weiß nicht, ob sie das geplant hatte oder tatsächlich so naiv war. Aber dieser Blick, diese plötzliche Kälte. Ich musste etwas tun.« Ein Gewinnergrinsen begann sich auf Dylons Gesicht breitzumachen und Victoria war tatsächlich gespannt, wie er sich da rausgewunden hatte.

»Ja, du weißt doch, Henning arbeitet irgendwo bei der Pharma, der hat mir neulich anvertraut, wie weit sie schon mit diesem Alzheimermedikament gekommen waren, doch sie hatten diese Nebenwirkung nicht rausbekommen. Um die Einnahme herum gibt es da immer eine dreistündige Amnesie. Also einen Gedächtnisverlust«, fügte Dylon erklärend hinzu, als ob er der Psychologe wäre und nicht sie. »Und da dachte ich mir, das wäre jetzt echt klasse.«

»Du hast es ihr gegeben?«

»Ich habe es ihr gegeben«, bestätigte Dylon. Ich habe sie fixiert, bin raus zu Henning, mit dem Zeug zurück, und habe es ihr in den Hintern gespritzt. Keine große Sache. Als sie die Augen wieder aufschlug, lag ich zwischen ihren Beinen und war ganz besonders zärtlich. Als sie »Dylon, Dylon«, säuselte, wusste ich, es hatte funktioniert. Vic, es hat funktioniert. Sie wusste nichts mehr.«

Für einen Moment blieb Victoria die Luft weg. Das war sogar für Dylon ein Highlight an Gewissenslosigkeit. Einen weiteren Moment später erinnerte sie sich an den ersten Sex mit Mathis. Auch er hatte sich offenbar nicht daran erinnert. An ihre Schandtat. Sie grübelte darüber nach, ob es einen Zusammenhang geben könnte und hörte Dylon kaum noch zu. Die Schockwelle, die langsam ihr Bewusstsein erreichte, war zu gewaltig.

»Leider wurde die Produktion von dem Zeug inzwischen eingestellt«, redete Dylon weiter, »Josef meinte, das wäre nicht zumutbar und sie würden einen anderen Weg finden. Henning ist auch weg. Aber Victoria, ich bin hier. Ich bin immer noch hier.«

»Ja, du bist immer noch hier«, bestätigte Victoria, der es wieder gelungen war Luft in ihre Lungen einströmen zu lassen. Und zu der einen Woge des Grauens gesellte sich die andere über Dylons Verbrechen und Skrupellosigkeit. Weshalb konnte Dylon sie eigentlich immer noch überraschen? Sie kannte diesen Mann seit gut 20 Jahren. Sie kannte ihn fast so gut wie sich selbst. Dylon war alles zuzutrauen. Aber nun musste sie erst einmal verschwinden, bevor sie anfing zu schreien, ohne wieder aufhören zu können.

»Du bist ein Glückskind, ich habe es immer gewusst. Bis bald mein Lieber.« Nach dem obligatorischen Kuss, verwirrt darüber, weshalb Dylon das Risiko eingegangen war, ihr diese Story zu beichten verließ sie die Kirche, brachte Abstand zwischen sich und Dylon, doch ihre Gedanken blieben an ihm kleben wie das schwärzeste Pech.

19.

Funktionieren, fit sein, gut gelaunt sein, taff sein. Das waren die Hauptanforderungen der Safe-Zone. Victoria hatte sich am nächsten Morgen zumindest oberflächlich wieder sortiert. Es war Sonntag. Der war auch hier reserviert für Freizeit, Sport, Kultur, Familientreffen.

Und heute würde sie am Krimirollenspiel teilnehmen, zu dem sie unaufgefordert eingeladen worden war. Man hatte ihr ein Paket geschickt. Darin ein Gewehr, eine braune Lederimitathose, ein dunkelgrüner Umhang, ein dunkelgrüner Hut, ein täuschend echt aussehender Stoffhase inklusive eines roten Flecks auf der Flanke und eine Anleitung samt Beschreibung ihrer Aufgaben. Es ging darum, einen Mord aufzuklären, der in den nächsten Stunden passieren würde. Alle hatten bestimmte Aufgaben zu absolvieren und sich davor oder danach in einer fingierten Gaststätte in Kergroix zu treffen, miteinander ins Gespräch zu kommen, um herauszufinden, was geschehen war. Lügen war verboten, doch man musste auch nicht gleich mit der ganzen Wahrheit herausrücken. Wer die Lösung gefunden hatte, würde einen Preis bekommen.

Sie sollte eine Jägerin spielen, hieß Emily Blut und sie war mit Margaret befreundet, einer Bäuerin, die einen Schweinemaststall betrieb. Margaret hatte ihr erzählt, sie sei wegen ihrer Tätigkeit von Tierschützern bedroht worden.

Sie hatte Angst und freundete sich mit der Überlegung an den Betrieb aufzugeben. Gleichzeitig wollte sie nicht klein beigeben wegen der Drohungen. Das war einfach nicht richtig. Margaret hatte außerdem eine Affäre mit Emilys Mann Donald, weswegen ihre Freundschaft einen Einbruch erlitten hatte. Victoria sollte im Naturschutzgebiet an drei verschiedenen Orten einen Schuss abgeben, natürlich waren Platzpatronen im Gewehr. Dann sollte sie mit ihrer Beute, wohl dem Stoffhasen, ins Gasthaus fahren und konnte dort versuchen das Rätsel zu lösen.

»Na gut«, dachte Victoria, »das ist ja nicht schwierig.« Sie musste sich auch danach erkundigen, wann das letzte Spiel stattgefunden hatte. Es war unwahrscheinlich, doch es könnte sein, dass es diese gewisse Nacht war, in der sie den Mord beobachtet hatte. Oder das, was sie für einen Mord hielt.

Um ihre Verkleidung noch etwas zu perfektionieren, zog sie braune Stiefel an, ein paar grobe Handschuhe und stopfte dann den Hasen und eine Flasche Wasser in einen alten Rucksack. Das Gewehr schlug sie besser in ein großes braunes Tuch ein. Erschrecken wollte sie niemanden. Um alles miteinander abgestimmt zu halten, nahm sie sich eines der älteren Fahrräder und radelte zu einen alten Turm nach Kerniscop und beschmierte sich unterwegs ein wenig mit Dreck. Um 10.00 Uhr war es Zeit für den ersten Schuss. Damit verscheuchte sie ein paar Kaninchen und Vögel und erschreckte sich zusätzlich selbst. Den zweiten Schuss um 10.20 gab sie vom Pointe Scouro ab mit exakt den gleichen Wirkungen. Beim dritten Schuss ebenfalls an der Felsenküste am Pointe de Marie Venell bemühte sie sich nicht mehr zu erschrecken.

Hier sah sie auch dein paar der anderen Teilnehmer*innen. Zumindest vermutete sie das. Etwas weiter nördlich stand ein Mann, der in ihre Richtung schaute. Er trug einen Jogginganzug, joggte aber nicht. Durch den Schuss alarmiert, schaute er in ihre Richtung. Auf den Weg zum Gasthof dachte sie, es wäre gut jemanden anders zu belasten, um sich selber zu entlasten. Denn offenbarbar wurde zu ihr eine falsche Spur gelegt.

Victoria war froh über die Ablenkung. Sie konnte und wollte jetzt nicht über den Zusammenhang zwischen dem merkwürdigen Medikament, welches Dylon Franka gegeben hatte und Mathis Gedächtnisverlust nachdenken. Natürlich, er hatte sich vor seinem Besuch bei ihr eine Vitaminspritze geben lassen. Nichts deutete darauf hin, dass er absichtlich einen Blackout bekommen sollte, also musste es sich um eine illegale Medikamententestung handeln. Oder wusste Mathis, dass er das Medikament bekommen hatte? War er eine freiwillige Testperson? Das war alles in der Tat etwas, was wirklich schräg war und davon musste Steff erfahren. Und sie musste mit Mathis sprechen. Und als sie so an ihn dachte durchfuhr sie eine Idee von Wärme und sogar Zuversicht, auch wenn dieses Gefühl in keiner Beziehung angebracht war.

Im Gasthaus war schon einiges los. Gut zwanzig Personen standen an der Bar, in der Hand ein alkoholfreies Bier oder eine Limo. Weitere zwanzig saßen an den Tischen. Vieles war in Bewegung. Es wurde eifrig miteinander gesprochen. Also stürzte sich auch Victoria in das Spiel und sprach erst einmal mit einer kleineren Gruppe mit »Rettet unsere Tiere« Buttons an den Jacken, dann mit dem Brandschutzbeauftragten. Oksana, ihre Chefin war eine von ihnen.

Sie sprach mit einer weiteren Freundin von Margarete, die ihr erzählte, dass sie die Tote war und in den Klippen am Meer gefunden wurde. »Genau wie Mary«, dachte Victoria.

Wenn das Absicht war, war es ein schlechter Scherz. Sie selber gab nicht allzu viel Preis und versuchte zu verschleiern, dass sie wütend auf Margarete war, samt der Affäre, die sie mit ihrem Mann hatte, doch die meisten wussten davon und beäugten sie misstrauisch. »Himmel, sie wurde doch nicht zu dem Kreis der Verdächtigen gehören?«

Eine Weile schon hatte sie Josef beobachtet, der offenbar zum Orgateam gehörte aber auch eine kleinere Rolle innehatte. Also schlenderte Victoria auf ihn zu.

»Hallo, ich bin Emily. Margarete war meine Freundin. Ich bin ganz erschüttert von ihrem Tod«, begann sie das Gespräch.

»Hallo, ich bin Georg, Ich besitze ein Schlachthaus. Margarete hat mir ihre Schweine geliefert. Sie wollte mehr Geld haben, aber ich konnte ihr nicht mehr Geld geben. Du weißt schon. Es gibt immer mehr Grünzeugfresser, die Leute wollen sparen.«

»Hattest du deswegen Streit mit ihr?«

»Ja«, gab Georg zu. »Wir hatten Streit, früher waren wir befreundet. Aber schon seit einer Weile nicht mehr. Aber … ich bringe niemanden um mit dem ich mich streite. Ich wollte auch keinen Streit mehr. Sie hatte ein schwaches Herz. Ihre Tage waren gezählt.«

Er horchte sie noch ein wenig aus und wusste bereits von der Affäre, konnte es nicht sein lassen eine Anspielung zu Dylon zu machen. Dann war es Zeit für die Tippabgabe. Victoria hatte es nicht wirklich herausgefunden, wer der Mörder war. Sie tippte schließlich auf Georg, da sie vermutete, Margarete hatte ihn erpresst, wegen illegaler Methoden in seinem Schlachthof. Doch das war ein wenig schlicht und sicher nicht die richtige Lösung. Dennoch schrieb sie es so auf den Zettel.

Am Ende wurde die Auflösung bekannt gegeben: Margarete hatte einen Herzfehler, den sie geheim gehalten hat. Sie hatte einen Bruder mit sehr engen Moralvorstellungen, der von Margarets Affäre erfahren hatte und regelrecht empört darüber war. Schließlich ist sie auf einen Spaziergang mit ihrem Bruder gestorben, der sie wohl beschimpft hatte und weil er so wütend war und gerade eine Pistole dabeigehabt hatte, hatte er der Toten noch mal einen Schuss verpasst. Mit Schalldämpfer versteht sich.

Sie fuhr wieder heim, ließ währenddessen den Tag Revue passieren. Die Story zeigte klar, dass wenig so ist wie es scheint. Wollte man ihr das mitteilen? Was hatten Oksana und Josef miteinander zu tun? Victoria wusste nichts davon, dass sie sich kannten, doch irgendwie kannten sich ja eigentlich alle wichtigen Leute einander.

Später schrieb sie eine freundliche Nachricht an Mathis, von Gewissensbissen geplagt, leicht und locker, warm und voller freundlichen Verlangens. Besser gestimmt ging sie in das nächste Fitnessstudio und absolvierte ihre Übungen, als würde sie einen Preis dafür gewinnen können.

Mathis hatte geantwortet. Er hatte erst nach einer Stunde geantwortet, doch er hatte geantwortet: »Liebe Victoria, offenbar hast du einen spannenden Tag erlebt. Ja ich möchte dich auch sehen. Mir wurde Wochenendarbeit auferlegt. Offenbar eilt es. Aber wir sehen uns bald.«

Nun galt es also in ihrem eigenem Krimispiel voranzukommen, dieses Rätsel zu lösen und nach Möglichkeit dazu beitragen, dass die Zone auf die richtige Weise weiterbestehen konnte und sie das Ganze überlebte. Sie hatte zwar das Gefühl, dass die Bedrohung abgenommen hatte, doch da war immer noch diese tiefdunkle Nebelwand mit unübersehbaren Stoppschildern vor ihr.

Vielleicht lag es auch an dieser Serotonin-Booster-Depot-Spritze, die die Ärztin ihr verabreicht hatte, dass sie fast schon so etwas wie Zuversicht spürte, die Entspannungs-App, die fast täglichen Yogaübungen und der Yoga-Kurs, das Malen, all das trug zur Entspannung bei. Oder zur Ruhigstellung? Victoria fürchtete sich davor sich nicht mehr zu fürchten. Ihre Instinkte waren immer gut und hatten sich fast immer bewährt.

Andererseits konnte sie es sich nicht erlauben durch einen permanent zu hohen Stresshormonlevel aufzufallen. Da konnte sie sich gleich ein Schild umhängen: »Ich habe euch Schurken auf dem Schirm und ich werde euch stellen.«Sie musste ruhig und wach zugleich bleiben. Sie musste mit Routinen sicherstellen, dass sie aufmerksam blieb und sie brauchte dazu einen Verbündeten. Bisher hatte sie weder mit Steff noch mit Mathis alles geteilt, was sie wusste. Sie hatte ihnen nie ganz vertraut. Vermutlich wäre Steff die bessere Wahl, Mathis war zu dich am Feuer dran und sie musste ihn ausspionieren.

20.

Ein paar Tage später hatte sie eine passende Methode gefunden über die Geschehnisse nachzudenken, ohne ihren Stresshormonspiegel in die Höhe zu treiben. Sie stellte sich innerlich ein Gemälde vor, farbenfroh und groß, auf dem ihre Erkenntnisse aufgemalt waren: Den beobachteten Mord hatte sie in Pastelltönen und recht klein in die Mitte des inneren Bildes platziert, drumherum Oksana, wie sie sie aus ihrem Job verbannte, Josef, der sie aushorchte, Mathis, der den grauenvollen Sex vergessen hatte, die fünf Schlaganfälle, die Geldsorgen der Zone, Dylons verwerfliche Tat sein Verbrechen zu kaschieren.

Fast meditativ und hochgradig fokussiert konnte sie dieses Mosaik betrachten und sie konnte dabei ruhig bleiben. Drohten unangenehme Gefühle, konnte sie das innere Bild einfach etwas weiter wegschieben, oder auch bei Bedarf etwas näher heranrücken. Es war gut. Sogar Brad konnte sie hinters Licht führen, der bei ihrer Anspannung ebenfalls sogleich mit eigener Anspannung reagierte. Jetzt lag er entspannt ein paar Meter weiter auf seiner Decke, ließ sich die Sonne durch das Fenster auf den Pelz scheinen, in regelmäßige tiefe Atemzüge versenkt.

Seit der letzten Nachricht von Mathis hatte sie immer wieder auf ihr Handy gestarrt, fast beschwörerisch, es solle doch endlich eine Nachricht von Mathis ausspucken. Ihr Körper sehnte sich nach seiner Sanftheit, auch wenn da eindeutig noch andere Sehnsüchte waren, die sie aber in eine hintere Ecke ihres Bewusstseins schob – aber sie musste auch bald mehr erfahren über dieses Alzheimer-Medikament und über Mathis. Er schien nicht zu dem engsten Kreis zu gehören. Was war sein Job?

Als hätte das Handy endlich ihren Wunsch vernommen kam eine Nachricht von Mathis: »Hallo, heute Abend bei mir? Ich könnte etwas kochen.«

So schnell wie selten zuvor verschob sie den Yogakurs auf eine frühere Klasse, sagte das Konzert im Chateau ab, auch wenn es ein paar Punkte kostete, die sie ja eigentlich brauchte, um in den Inner Circle gewählt zu werden. Sie würde es nachholen.

»Aber gerne, soll ich noch etwas mitbringen?«

»Wenn du eine Flasche Non-Alkohol-Wein auftreiben kannst, wäre es prima. Und vielleicht noch ein paar Orangen? Eine Olive wäre auch nicht schlecht.«

Victoria konnte sich kaum halten vor Lachen. Vor einem halben Jahrhundert kursierte ein Buch mit dem Titel: »Der einzige Weg Oliven zu essen« durch die gebildeteren Teile der Menschheit. Eine fabelhafte Inspiration von Frauen für Frauen und eigentlich auch für Männer Sexualität mit mehr Genuss zu verbinden.

»Oliven und Orangen. Ein wunderbares Dessert. Ich freue mich. Bis später.«

Noch bevor sie das Telefon wieder beiseitegelegt hatte, war bereits in ihrem Kopf alles organisiert, der Tagesplan entsprechend verändert, der Konzertbesuch verschoben. Sie hätte jetzt gerne ein wenig herumgeblödelt, etwas getanzt, Brad zum Spielen überredet, doch es war Zeit die

Progressive Muskelentspannung zu absolvieren. Ihr seliges Lächeln blieb. Sie freute sich auf Mathis. Steckte in diesem lieben, zärtlichen Mann doch noch etwas Verwegenes?

Während Victoria Schwere und Wärme in ihre Gliedmaßen und ihren Rumpf ein- und wieder ausfließen ließ, Muskelgruppe anspannte und wieder löste, dachte sie gleichzeitig darüber nach, wie sie an Informationen von Mathis herankommen könnte. Sie wollte und konnte ihn natürlich nicht allzu offensichtlich ausfragen. Für einen Moment erwog sie es, ihm einfach die Wahrheit zu sagen. Es fühlte sich richtig an, bis so etwas wie ein Signalton in ihrem Inneren ertönte. Das würde bedeuten, sie würde versuchen ihn auf ihre Seite zu ziehen, auch wenn es zweifelslos die Richtige war, aber sie würde ihn dazu veranlassen zu spionieren und auch aufzufliegen. Das konnte gefährlich für ihn werden. Diesen Mann wollte sie nicht gefährden. Schlimm genug, dass Dylon von ihrem Verhältnis Wind bekommen hatte. Aber hier ging es nicht um ein paar Unannehmlichkeiten, sondern um Leben und Tod.

Außerdem musste sie herausfinden, was mit Henning passiert war. War er der Tote? Dazu musste sie seinen vollen Namen kennen und bestenfalls an die Einreise- und Ausreisedaten kommen. Es konnte auch über Dylon laufen, der jedoch zu misstrauisch wäre, um sich aushorchen zu lassen.

Eine halbe Minute gönnte sie sich eine vollkommene körperliche Entspannung ohne Gedanken, nachdem sie gedacht hatte, wie gut es ihr gelang, die Maschinen auszutricksen, indem sie Körper und Geist voneinander trennte. Es gelang ihr immer besser. In der Psychologie nannte man das Dissoziation und hatte meist einen Krankheitswert, doch so war es ein Segen.

Mathis hatte ein paar Kerzen angezündet, aus der offenen Küche duftete es nach einem Curry, auf dem Tisch stand ein grüner Salat. Mathis schien tatsächlich alles selbst vorbereitet zu haben und nichts vom Service kommen gelassen zu haben. Nach einem sehr zärtlichen Begrüßungskuss, der sie tatsächlich zum Schwanken brachte, dekorierte sie mit den Lebensmitteln den Tisch. Außer dem Wein, den Orangen und Oliven hatte sie noch ein paar Weintrauben, Datteln und sogar ein paar Erdbeeren ergattern können und auch einen Piccolo echten Sekt.

Sie freute sich auf den Abend und zog schon in Erwägung das Spionieren einfach wegzulassen. Sie würde es Steff schon irgendwie erklären, dann müssten sie eben eine andere Quelle finden, da fiel ihr Blick auf den Tennisschläger, der an der Wand lehnte. Sie wusste, dass Josef Tennis spielte und die meisten Sportgruppen kannten sich untereinander.

»Es hat nichts zu bedeuten, du siehst Gespenster«, redete Victoria auf sich ein, lächelnd in den Armen des Mannes, zu dem ihr neues Ich gehören wollte, wenn sie doch nur endlich dieses alte Ich loswerden könnte.

»Du spielst Tennis?« Sie lächelte weiter und Mathis lächelte auch.

»Ich habe gerade angefangen. Ein paar Leute von meiner neuen Stelle spielen und haben gefragt, ob ich mitmachen möchte. Es gefällt mir ganz gut.«

»Ach, die geheimnisvollen Alzheimer-Medikamenten-Entwickler.«

»Genau, aber heute Abend«, Mathis strich ihr sanft von der Hüfte zu ihrem Po, »möchte ich sicher nicht über die Arbeit sprechen.«

»Du hast recht. In dieser Zone nimmt die Arbeit einen viel zu großen Stellenwert ein. Wir sollten uns mehr darum kümmern die Früchte zu genießen und uns nicht unentwegt um den Anbau kümmern.« Sie bückte sich etwas nach vorne, nahm mit dem Mund eine der Erdbeeren auf, schob sie ihm mit einem Kuss in seinen Mund. Für einen Moment schloss Mathis die Augen, ganz dem Genuss verfallen, die die Beere ihm bereitete. Doch es dauerte nur einen kurzen Augenblick.

»Ich hoffe du magst Curry?« Den Körper bereits ein wenig in Richtung Herd gedreht, seine Augen noch bei ihren, die sich nicht so schnell lösen wollten. Wieder hielt er inne.

»Denn heute wird gefeiert. Ich habe Geburtstag.«

»Oh, herzlichen Glückwunsch.« Victoria fühlte sich überrumpelt und beglückt zugleich. Mit ihr seinen Geburtstag zu verbringen war einfach ein unglaublich nettes Kompliment, doch es setzte sie auch etwas unter Druck. War sie sein Geburtstagsgeschenk? Der Sex mit ihr?

Er drehte sich ihr wieder vollständig zu.

»Hey, ich wollte es dir eigentlich gar nicht sagen. Geburtstage sind keine große Sache für mich. Sie erinnern mich nur daran, dass ich immer älter werde. Ich feiere sie eigentlich gar nicht. Aber gestern, da wurde mir klar, dass ich den heutigen mit dir verbringen wollte. Aber bitte fühle dich jetzt nicht irgendwie unter Druck gesetzt. ... Ich .... ach, ich hätte es dir nicht sagen sollen. Habe ich etwas kaputt gemacht?«

»Du kannst mich nicht unter Druck setzen. Schon seit Jahren habe ich beschlossen, nur Dinge zu tun, die mir gefallen. Heute werde ich bestimmt nicht damit aufhören.« Sie wollte noch anfügen, wie wichtig es gerade für Frauen war stets eigenständige Entscheidungen zu treffen. Immer und mit erhobenem Haupte, insbesondere, wenn es um Sex ging, doch sie spürte, wie Mathis auch ohne diese weiteren Erklärungen sie verstand und sie dafür respektierte.

Nun wandte er sich tatsächlich dem Herd zu, schaufelte Reis und Curry auf die vorgewärmten Teller, gab knusprig frisches Brot aus dem Ofen in einen Korb brachte alle zum Tisch.

»Na denn: Guten Appetit.«

»Erzähl mir vom Zonenanfang. Du hattest vorhin so eine Andeutung gemacht, dass sich früher nicht alles um die Arbeit drehte«, bat er.

Irgendwas in ihrem Inneren raunte ihr zu, sie müsse Nähe aufbauen. Nähe durch Offenheit, um ihn zu einer entsprechenden Gegenleistung zu bringen Ein anderer Teil weigerte sich und wollte einfach alles laufen lassen, wie es eben lief. Dieses Date einfach nur genießen.

»Natürlich war es nicht die Idee in erster Linie viel Geld zu verdienen«, begann sie und stellte fest wie untypisch mild das Curry schmeckte. Nur ein kleiner Hauch Schärfe war inmitten der Kichererbsen, Kaiserschoten, Paprika, Möhren und Frühlingszwiebeln in Kokosmilch zu spüren. Mathis Curry.

»Ich war nicht ganz von Anfang an dabei. Ich habe auch keine Ideale beigesteuert, doch es hat etwas in mir zum Klingen gebracht. Ich wollte einen tollen Job, gute Bildung für meine Kinder und an dieser Urlaubs-Club-Atmosphäre teilnehmen, in die die Insel von Anfang an eingetaucht war. Also rein egoistische Motive. Doch ich bewunderte die Menschen, die Ideale hatten, die, die die Welt besser machen wollten mit Geld und Wissen. Sie hatten so viele gute Ideen.

Forschungen im Bereich der Medizin, um vermeidbare Krankheiten in ärmeren Ländern zu verhindern, die zugleich bezahlbar sind, Erforschung von Möglichkeiten Armut zu bekämpfen, günstige Minenräumungsroboter. Es gab eine ganze Reihe von Ansätzen und vieles davon ging in die Welt. Das Steigern der Lebensqualität mit der KI war natürlich auch ein Bestandteil des Ideenpools.«

»Hast du denn noch Kontakt zu den Leuten von früher?«

Einen Moment hielt Victoria die Luft an und überlegte, den Kontakt zu Steff mitzuteilen. Es war eigentlich bekannt, dass sie sich kannten. Die meisten Leute wussten es. Sie hatten auch nie ein Geheimnis daraus gemacht. Dennoch verwunderte sie die Frage.

»Ja, insbesondere habe ich Kontakt zu Steff. Er ist im Inner Circle. Er hält all das hoch, wofür er einst hergekommen ist. Er ist einer der Guten. Er hält nach wie vor daran fest, dass die Zone ihre Existenzberechtigung dadurch hat, mitzuhelfen die Probleme der Welt zu lösen und gleichzeitig einen Vorbildcharakter haben sollte, wie der Einzelne, wie eine Gemeinschaft funktionieren kann, wie Menschen ihre Potenziale voll entfalten können. Er hat immer diesen dienenden Aspekt betont. Ein echter Weltverbesserer.«

Victoria lächelte, als sie sich an die vielen Stunden daran erinnerte, wie Steff sie mit seinem Idealismus in den Bann gezogen hatte, doch bei ihr sorgte es nur dafür einen guten aufrichtigen Job zu erledigen. Sie war nie zu einer echten Mitstreiterin geworden. »Doch er ist ziemlich isoliert«, fuhr Victoria fort. »Zu viele Menschen denken an Profit, Gewinnmaximierung, Zonenerweiterung, ohne sich überhaupt um den Sinn zu kümmern.«

»Ich kann das verstehen. Qualität ist immer wichtiger. Hast du den Eindruck, die Fronten hätten sich in der letzten Zeit erhärtet?«

Victoria war auf der Hut. Das war überhaupt kein gutes Gesprächsthema. Sie wollte nicht auf der Hut sein, sie wollte den Abend mit Mathis einfach nur genießen. Also würde sie den Spieß erst umdrehen und dann in eine andere Richtung führen, auch wenn dadurch die Möglichkeit erlosch, jetzt einen Verbündeten zu bekommen.

»Ich habe keine Ahnung. Ich halte mich nach wie vor aus der Politik raus. Was Steff da von sich gibt, ist ja auch eher philosophischer denn praktischer Natur. Was meinst du? Hast du Abgründe beobachtet?«

Mathis senkte den Kopf. Seine Stimme wurde leiser, fast als fürchte er, jemand anderes als Victoria könnte ihn hören: »Ich blicke täglich in Abgründe. Seit die drei Entwickler fort sind, ist es wieder ruhiger geworden. Zuvor war die Stimmung miserabel und hinter verschlossenen Türen gab es immer wieder Streit. Ich habe davon kaum etwas mitbekommen, aber es war genug, um mir Sorgen zu machen. Victoria, ich bin nicht hier, um die alten Machomachtkämpfe mitzumachen oder auch nur mitanzusehen. Ich hatte mir durch die KI-basierte Organisation eine intelligente Führung erhofft. Manchmal habe ich den Eindruck, immer wenn die Menschen Entscheidungen treffen, dass dann immer eine ganze Menge schiefläuft.«

»Hattest du denn näheren Kontakt zu den Entwicklern?«, fragte Victoria, obgleich sie jetzt viel lieber Mathis durch das Haar streichen wollte.

»Nicht viel. Jeff, der Amerikaner, war ziemlich neugierig. Er war auch bei mir, obgleich ich nun wirklich keine besonders zentrale Aufgabe habe. Ich sollte aber nicht viel sagen. Anweisung von oben. Und dann war er auf einmal wieder weg. Henning ist wegen seiner Familie wieder in Köln. Ein eher unangenehmer Typ. Ich hatte kaum Kontakt zu ihm. Phil ist tot. Hirninfarkt. Gruselig. Ich mochte ihn. Er war nett und ich glaube, er hat an das Gute geglaubt. Wir waren ab und zu miteinander joggen.«

Innerlich machte sich Victoria eine Notiz. Es waren drei Entwickler, die verschwunden waren. Sie ging immer von Zweien aus. Henning war in Köln. Das müsste sich doch herausfinden lassen, ob er wirklich in Köln war. Aber warum erzählte Mathis das? Was bezweckte er? Sie hielt ihn nicht für so naiv über derartig brisante Dinge einfach zu plaudern und kaufte es ihm genau so wenig ab, dass er über die menschlichen Schwächen etwas philosophieren wollte, er jemanden brauchte, der ihm zuhörte, dem Mann deren Hoffnungen offenbar an die Wand fuhren. Erst mit Celine und nun mit seiner Arbeit.

»Kennst du Josef näher?«

»Ah«, dachte Victoria »Tit for Tat. Mathias beherrschte das Spiel also auch. Er gab ihr etwas und sie sollte ihm dafür etwas geben.

»Er ist mit Dylon befreundet«, sagte sie lapidar, was Mathis sicher schon wusste. »Ich habe inzwischen selten Kontakt zu Dylon und damit auch zu Josef«, log sie, auch wenn sie sich noch vor einer Stunde fest vorgenommen hatte, ehrlich und offen zu Mathis zu sein. Sie wollte doch dieser Liebe eine Chance geben. Aber musste nicht manchmal auch eine Lüge dabei helfen wirklich wahrhaftig zu sein?

»Josef hat mich darum gebeten dich ein wenig auszuhorchen.«

Es bedurfte all ihrer Muskelkraft, um nicht einfach vom Stuhl zu kippen. Wie naiv war Mathis, ihr das so offen mittzuteilen? War der gemeinsame Kreiseldienst überhaupt kein Zufall? Wann wurde Mathis die »Vergess' einfach Alles Spritze« gegeben? Vor oder nach ihrem Sex? Oder überhaupt nicht?

»Und wir müssen ihm ab und zu etwas geben.«

Victorias Atem begann wieder zu fließen. Sie erzählte Mathis von dem People Scanner, sie erzählte von den weiteren Todesfällen, sie erzählte von dem finanziellen Druck, der auf der Zone lastete, von der Hoffnung, die auf dem Alzheimer Medikament lag. Ausdrücklich betonte sie, wie sehr sie diese Zone liebe, wie allzu bereit sie dazu war, vieles zu tun, um sie zu erhalten. Sie erzählte nichts von dem Toten und nichts von Dylons Missbrauch des Medikaments.

Als sie geendet hatte, atmeten sie gemeinsam im gleichen Rhythmus. Sie hatten genug geredet. Doch erst nach vollen fünf Minuten des Schweigens, bat Mathis sie in sein Schlafzimmer. Er nahm die Orangen, die Oliven und die Erdbeeren und die Datteln und die Weintrauben mit.

Victoria musste sich zur Ruhe zwingen. Sie hätte sich Mathis am liebsten sofort hart und schnell einverleibt. Das war immer noch das beste Mittel ihre rotierenden Gedanken zu stoppen. Und sie wollte Mathis, dem offenbar eher nach einem zärtlichen Liebesspiel war. Er öffnete in aller Ruhe die Knöpfe ihrer Bluse und steckte ihr eine Dattel, dann eine Weintraube in den Mund, holte sie wieder heraus, gab sie wieder zurück. Sie zog ihm das T-Shirt über den Kopf, drückte ihn zart in die Rückenlage, legte eine Erdbeere auf seinen Bauchnabel küsste ihn durch die Jeans, nahm auf den Weg nach oben die Erdbeere wieder auf, ließ sie in seinen Mund gleiten, teilte sie und schluckte ihre Hälfte hinunter, während sie sich auf den Rücken sinken ließ. Er zog ihr die Bluse ganz aus, griff unter ihren Rücken, sie bog ihren Rücken, um ihm dabei zu helfen ihren BH zu öffnen. Er nahm eine Weintraube, zerdrückte sie, rieb sie, eine Spur von Fruchtfleisch erzeugend an ihren Brüsten und ließ sich zurücksinken. Sie öffnete seine Jeans, zog sie ihm samt Unterhose bis zu den Kniekehlen nach unten, nahm eine Erdbeere, eine Dattel und eine Olive in den Mund, speichelte sie ein, vermischte sie und gab den Brei auf seinen Pint, verteilte es gut mit der Zunge und legte sich wieder hin.

Viel später erst setzte sich Victoria auf ihn. Vorsichtig, lustvoll, alle Sinne bis zum Maximum geöffnet, die Haut sensibilisiert. Mathis ganz bei ihr. Seine Präsenz drang in sie ein. Victoria war vollkommen erfüllt von Liebe, Lust und Zärtlichkeit.

Einen Moment nur fragt sie sich, ob es Mathis ebenso ging. Seine Augen sagten »Ja«, sein Körper sagt »Ja« und ihr Kopf sagte: »Das ist alles zu schön um wahr zu sein. Vielleicht ist es doch ein Trick? Vielleicht hat sich Mathis doch einspannen oder kaufen lassen. Es war nur ein kurzer Gedanke, den sie schnell und erfolgreich verdrängte. Sie wollte jetzt ihrer Intuition trauen und sie brauchte unbedingt einen Verbündeten.

»Mathis«, stöhnte sie, »es ist so unglaublich schön.« Und ganz egal auf welcher Seite Mathis stand, diesen Moment zu erleben war alles wert.

Viel später erhob sich Mathis, meinte er müsse jetzt erst einmal in die Badewanne, das dauere sicher eine Weile und es wäre wohl besser, wenn sie die Nacht nicht miteinander verbrächten. Im anderen Badezimmer sei eine Dusche. Seine Worte hätten sie treffen müssen wie ein Kaninchen, welches versehentlich auf eine Landstraße gestolpert war, doch Mathis Blick ging immer wieder von ihr zum Laptop, der offen auf einem kleinen Schreibtisch stand. Eine Einladung. Sie führte die Hände vor der Brust zusammen, ganz so, wie man es beim Yoga tat: »Namaste. Das Göttliche in mir grüßt das Göttliche in Dir.«

Besonders viele Infos gab der Laptop nicht her. Offenbar war Mathis damit beschäftigt dieses Medikament in Details zu ergänzen. Er sollte anscheinend ein vorbereitendes und ein paar nachbereitende Wirkstoffe extra zugeben, damit dann das Hauptmedikament sein volles Potenzial entfalten konnte und Nebenwirkungen reduziert werden konnten. Das eigentlich Neue musste die Art der Steuerung zum Zielort sein, also sozusagen die Trägerrakete.

Sie fand noch einen Beipackzettel und musste sich zweimal vergewissern, dass er ein einigermaßen aktuelles Datum enthielt. Es ging also um eine Art Impfung gegen Alzheimer, die auch noch die ausgebrochene Erkrankung in jedem Stadium stoppen konnte. Mit einer Zuverlässigkeit von 92%. Das war beeindruckend. Unter den möglichen Nebenwirkungen war eine seltene Blutgerinnungsstörung mit einem damit einhergehenden seltenen Schlaganfallrisiko vermerkt.

Hatte etwa Phil das Medikament bei sich selbst getestet? Tierversuche waren hier in der Zone selbstverständlich nicht erlaubt, auch wenn die computersimulierte Testung weit fortgeschritten war, war eine echte Testreihe mit echten Menschen eine Notwendigkeit. Was hier undurchführbar war. Victoria dachte an die Mutter ihrer Schülerin, an die weiteren vier Schlaganfälle hier von denen Leon berichtet hatte. Sie hatten doch nicht? ... Hatten sie das Medikament heimlich getestet? Zusammen mit den ständigen Injektionen, die ihnen verpasst wurden? Das wäre eine unglaubliche Ungeheuerlichkeit. War Mathis eines der Opfer? Sie konnte sich nicht vorstellen, dass er sich freiwillig gemeldet hätte. Sie waren etwa 3000 Erwachsene. Wenn die Hälfte das Medikament erhalten hatte und die andere Hälfte nicht, dann wären das mit fünf tödlichen Schlaganfällen eine viele zu hohe Rate.

Sie las weiter und da war sie: Eine, eventuell auch über Stunden dauernde, Amnesie. Wie wollte die Pharma dieses Medikament mit zwei so gravierenden Nachteilen verkaufen? Wie konnte ein großer Player das kaufen? Oder hatten sie es schon verkauft und nun standen sie so unter Druck, weil sie diese Nebenwirkungen in den Griff bekommen mussten. Vielleicht war es auch eine Abwägungssache. Die Angst vor Alzheimer war so groß, dass sicher viele Menschen das Risiko eingehen würden. Eigentlich verständlich. Wen kümmert schon ein kurzer Gedächtnisverlust, wenn man damit Alzheimer heilen konnte? Und das Schlaganfallrisiko, nun, so groß war es auch wieder nicht.

Wer weiß? Vielleicht hatte sie selber eine Dosis des Medikaments erhalten.? Victoria wurde schlecht. Wie hatten sie das angestellt? Ohne dass allzu viele Menschen Bescheid wussten? Ihr fiel der neue Serotonin Booster ein, den Lore ihr neulich injiziert hatte. Na toll. Das hatte sie überlebt und nun würde sie mit einer Wahrscheinlichkeit von 92% kein Alzheimer bekommen.

Wenn sie nun noch irgendwelche Kontaktdaten zu Henning oder einen Nachnamen finden könnte, wäre es perfekt. Fand sie aber nicht. Es gab zwar einen kurzen Mailkontakt zwischen Henning und Mathis, doch das lief über die Firmenmailadresse, unter der Henning, sofern er noch lebte, wohl kaum mehr zu erreichen wäre. Victoria ging, ohne sich zu verabschieden, das Herz voller Liebe, den Kopf voller Gedanken.

Mathis hatte seine Entscheidung getroffen. Er hielt Victoria für einen guten Menschen Sie war es wert, dass ihr geholfen wird. Mit der er für eine gute Zone kämpfen wollte. Wie konnte sie dem gerecht werden? Wie konnte sie dem jemals gerecht werden?

21.

Übermüdet und beschwingt warf Victoria einen Blick auf ihren Tagesplan: Sie musste sich etwas beeilen, um rechtzeitig zum Yoga-Kurs zu kommen. In letzter Zeit hatte sie öfter online von zu Hause aus teilgenommen, doch ab und zu sollte man sich da schon blicken lassen. Dann ging es zur Schule, entweder mit dem Fahrrad dorthin oder am Nachmittag joggen, später zum Malkurs und anschließend stand das zweite Klavierkonzert von Rachmaninow an. Dylon liebte Rachmaninow und er würde sicher den gleichen Vorschlag erhalten haben. Gut. Dann würde sie Dylon treffen. Zum Essen würde sie zuvor in ein Restaurant in der Nähe gehen. Auch hier war die Wahrscheinlichkeit groß, Dylon dort zu treffen. Prima. Eine Verabredung, ohne sich zu verabreden. Freute sie sich etwa auf Dylon? Nach diesem Abend mit Mathias, der ihr nach wie vor warm in der Seele lag?

Natürlich konnte sie nach Henning nicht von ihrem Telefon aus suchen. Einen Pharmakologen in Köln ausfindig zu machen, sollte doch möglich sein. Als Spezialist der Medikamentenforschung würde er auch sicher in Firmenprofilen auftauchen. Sie wird das von den Schulservern aus versuchen und gleichzeitig mit den Schüler*innen eine Diskussion über den Nutzen und Schaden von Psychopharmaka inszenieren. Viele Schüler*innen würden im Netz nach Informationen suchen und das würde ihre Spur etwas verschleiern, sollte jemand derartige Suchen im Blick haben.

Leider fand sie nichts. Sie konnte keinen Henning in einer Pharmafirma in der Nähe von Köln ausmachen. Gut. Das war ohnehin unwahrscheinlich. Sie brauchte da schon einen Nachnamen. Also musste Dylon helfen. Er war schließlich mit Henning befreundet gewesen. Sie musste auch erfahren, weshalb Henning das Risiko eingegangen war, Dylon dieses Medikament zu geben. Steckte da mehr als männliche Arroganz dahinter? Gut, dass sie ihn später treffen würde.

Sie wollte sich noch etwas näher die Pharmafirma, die das Alzheimer Medikament entwickelt hatte, anschauen. Wer war da im Vorstand? Gab es nähere Informationen über die Entwickler? Vielleicht gab es sogar noch eine alte Website mit dem vollständigen Namen von Henning?

Die Firma nannte fünf Vorstandsmitglieder, hielt sich mit weiteren Namen bedeckt. Sie notierte: Leo Prinz, Claire Durant, Philipp Lohengrin, Jasmin Feldmann, Annika Gehlen.

Über deren Vita war hier nichts zu finden. Sie würde da jeden einzelnen googeln müssen und hoffen, irgendetwas herauszufinden. Vielleicht gab es da jemanden mit dem sie in Kontakt treten könnte. Vielleicht kannte sie sie sogar jemanden. Auf jeden Fall sollte sie sie auch mit dem people scanner im Blick haben.

Heute malte sie Blumen, die denen, die sie mit Mathis in den Kreisel gepflanzt hatte nicht unähnlich waren. Ihre waren farbiger, wie unter ein Vergrößerungsglas gelegt und in ein freundliches Mittelmeerlicht getaucht. Didi, ihre Kunstlehrerin plante eine Ausstellung und hatte sie gefragt, ob sie wolle, dass ein paar ihrer Bilder dabei wären. »Ja, ja, gerne«, hatte sie gestrahlt, glücklich darüber, dass Didi offenbart gemerkt hatten, dass sie besser wurde, aber in erster Linie hatte der Kurs natürlich den Sinn die merkwürdigen Verschlingungen zwischen Bewusstsein und Unbewussten aufs Papier zu bringen, so Transparenz und Transformation zu schaffen. Didi sagte immer, was in uns ist, ist auch immer irgendwie mehr oder weniger in anderen Menschen. Wir sind ja eigentlich eins und deshalb fühlen sich Menschen von den Bildern anderer Menschen angesprochen.

Viel Zeit blieb nicht zwischen Malkurs und Restaurantbesuch. Victoria wollte dennoch ihr Training der Progressiven Muskelentspannung zumindest für zehn Minuten absolvieren. Es tat ihr gut und ihr Körper lernte es immer besser mit Entspannung auf Anspannung zu reagieren.

Eine kleine blassgrüne Flasche stand vor ihrer Tür mit einem Zettel daran »Für Victoria. Wohl bekomm's.« Noch im Treppenhaus drehte sie den Schraubverschluss auf und roch daran. Ein paar Sekunden brauchte ihr Gehirn, um die Bedeutung des scharfen Alkoholgeruchs zu erkennen: Jemand wusste, dass sie wusste, dass hier auf der Insel Alkohol verbotenerweise selbst gebraut wurde. Es war eine Warnung. Sie musste sich auf ihre Recherchen beziehen.

Kurz wägte sie die möglichen Konsequenzen ab. Es musste ihr natürlich erst einmal nachgewiesen werden, dass sie von der geheimen Brennerei wusste. Schlimmstenfalls würde sie der Insel verwiesen werden, vielleicht sogar, war das der eigentliche Zweck des Fläschchens. Doch – das hätte man, wenn die Beweise vorlagen, sicher auch gleich und ohne Warnung tun können. Aber auch sie wusste etwas, was dieser jemand nicht wollte, dass es andere Leute wussten.

Die Anhörung, der ganze interne Prozess würde sie sicher dazu bringen über ihre Beobachtungen zu sprechen. Es gab natürlich noch ein anderes Schlimmstenfalls: Ihr eigenes Verschwinden. Sie sollte Vorsorge treffen.

Minuten später fühlte sich ihr Körper auf dem Teppich liegend wunderbar schwer und weich an. Sie sah vor ihrem inneren Auge, die Blumen vor sich, die sie eben gemalt hatte, noch etwas farbenprächtiger, noch etwas lichter.

Dylon erwartete sie bereits an einem Tisch am Fenster und winkte sie mit ausladenden Gesten herbei. Er war allein. Weder Charlotte noch Josef schienen in der Nähe zu sein. Vor Erleichterung ging sie ein wenig beschwingter auf ihren genialen Ehemann zu. »Hallo, meine Schöne, das Gelb steht dir ausgezeichnet.« Mit einem bewundernden Blick schaute er von ihrer gelben Bluse, über die in einem etwas hellerem Gelb gehaltene Hose zu den weißen Pumps und wieder in ihr Gesicht.

»Hallo, mein Schöner, du siehst aus, als hättest du gerade erst Sex gehabt«, als Kommentar auf seine dunklen Augenringe und seiner etwas zusammengesunken Körperhaltung.

»Ja, ich bekomme einfach nicht genug. Ich liebe meine Maschinen und sie lieben mich.«

Ein Wunder, dass seine Ärztin nichts gegen Dylons Erschöpfung tat. Doch hatte sie schon gehört, dass bei bestimmten VIPs die Regeln kurzfristig etwas gedehnt wurden, doch ein Mindestmaß musste wohl jeder erfüllen.

Einige Komplimente später, Victoria hatte ein Omelette ohne Ei aber mit Gemüsefüllung bekommen, Dylon einen Gemüseauflauf mit Analogkäse und sie beide erfreulicherweise als Dessert eine Schale Rote Grütze mit veganer Schlagsahne, dazu einen alkoholfreien Rotwein, der gar nicht schlecht schmeckte, lenkte sie das Gespräch vorsichtig auf Henning.

»Hast du eigentlich noch Kontakt zu Henning?«

»Nein, ich war ja nicht wirklich mit ihm befreundet. Wir haben ab und zu zusammen ein wenig gefeiert. Weshalb fragst du?« Eine Spur von Misstrauen hatte sich in Dylons Stimme geschlichen.

»Ich hatte gedacht, ihr seid besser befreundet. Ich meine, immerhin hat er dir ziemlich aus der Patsche geholfen.«

»Er hat mir noch einen Gefallen geschuldet.«

»Du schuldest mir auch einen Gefallen«, sprach Victoria weiter, und nahm seine Hand in ihre, um den Ernst der Sache zu unterstreichen, »ruf ihn einfach mal an und frage, ob alles okay beim ihm ist. Ich … mir sind ein paar Unregelmäßigkeiten aufgefallen. Genau wie du, möchte ich, dass diese Zone weiter besteht. Für unsere Enkelkinder«, Victoria lächelte versonnen und merkte gleich, sie hatte einen Nerv getroffen. »Auch sie sollen sich hier wohlfühlen. Es ist keine große Sache, aber es würde mich beruhigen.«

Bevor er »Klar, kein Ding«, sagte, hatte sie ihm die Antwort aus den Augen gelesen. Er war verwundert, aber vor allen Dingen erschöpft, welches auf die Schärfe seines Verstandes eine abstumpfende Wirkung hatte. Er hatte ein grundsätzliches tiefes Vertrauen zu ihr. So oft war sie es, die in ihrer Ehe die richtigen Entscheidungen getroffen hatte. Er ging mit. Sie hoffte nur, er würde es nicht vergessen.

»Josef hat neulich auch nach Henning gefragt, wollte auch wissen, ob wir noch Kontakt haben.«

»Du hast ihm doch nicht etwa etwas … erzählt?«

»Nein, habe ich nicht. Nur dir« und da fiel ihr ein, weshalb Dylon ihr einen Gefallen schuldete. Er hatte sie zur Mitwisserin gemacht, um irgendwie sein Gewissen zu entlasten. Und deshalb schuldete er ihr etwas. Vorhin, als sie ihn um den Gefallen bat war es ihr gar nicht klar gewesen.

»Es gehört zu meinen Highlights mit dir gemeinsam ein Konzert zu besuchen. Mit niemanden ist es so schön, wie mit dir. Niemand versteht die Musik wie du, es ist magisch Ich habe es von Beginn an geliebt und ich werde niemals damit aufhören.« Sie schenkte ihm ein strahlendes Lächeln und während sie sich beide erhoben, neigte er seinen Mund an ihr Ohr und flüsterte: »Ich liebe dich. Und das wird auch immer so bleiben.«

Mit den ersten Klängen des Konzerts schuf sofort diese düstere schicksalsträchtige Ergriffenheit in Victoria Raum. Es konnte einem wirklich Angst werden. Dylons Atem und Herzschlag hatten sich mit ihrem synchronisiert, dass es leichter war diese schrecklich schöne Musik zu ertragen. Es war, als stünden sie vor einer Katastrohe, als müssten sie einem grausamen Schicksal folgen und konnten nur noch irgendwie den Kopf hochhalten und dem Unausweichlichem entgegengehen. Der Adagio Satz ließ sie wieder atmen, ein Hauch Hoffnung strömte durch ihren Körper und auch Dylons Muskeln fanden etwas mehr Ruhe, schließlich das Allegro, mit seinen manchmal sogar samtweichen Streichern, das Klavier immer noch ungestüm schien ein gutes Ende zu versprechen. Zumindest ein erträgliches.

Einmütig trennten sich ihre Atemfrequenzen nach dem Konzert wieder und sie gingen ihrer Wege. Während

Rachmaninow sie immer aufwühlte, hatte er auf Dylon eine Wirkung der Sammlung und Konzentration, oft hörte er ihn sogar während der Arbeit. Sie würde noch ein paar Minuten brauchen, um wieder runterzukommen und hoffte, dass es keine Spuren in ihrem Blutstatus verursacht hatte. Gleichzeitig fühlte sie sich so ausgefüllt von all den gehörten Facetten des Lebens, dass es eine Rüge wert war.

22.

Eine Nachricht von Mathis erschien auf ihrem Handy: »Ich bin ziemlich eingespannt. Und ich würde dich so gerne sehen. Vielleicht spielen wir heute Nachmittag eine Runde Tennis?«

»Ja, eine großartige Idee. Dann um 16.00 Uhr, Péninsula Tennis Club?«

»Wunderbar. Ich habe geübt und es ist nicht unwahrscheinlich, dass ich jetzt besser bin als Du.«

Das war in der Tat nicht unwahrscheinlich. Sie war viel zu selten in letzter Zeit auf dem Platz, aber sie hatte immerhin mehr oder weniger dreißig Jahre Praxis angesammelt. Viel brauche Victoria dafür gar nicht umzuorganisieren. Statt des Besuches im Fitnessstudio ging sie also Tennisspielen.

Das Wetter war gut genug, um draußen zu spielen. Der Wind vom Vormittag hatte sich weitgehend gelegt. Mit einem flüchtigen Kuss und einem breiten Lächeln begrüßte Mathis sie. Es war schön ihn zu sehen. In seinem weißen Poloshirt, der grünen Shorts, den blonden, langen, wild gelockten Haaren hätte er sie fast von den Füßen gehauen. So gut sah er aus.

»Ich bin bereit«, hauchte Mathis und es hörte sich nicht so an, als meinte er nur das Tennisspielen.

»Gib mir fünf Minuten, dann geht's los.«

Erfreut stellte Victoria fest, dass wenig los war. Es waren nur zwei der fünf blauen Hartplätze besetzt. In der Umkleide war nur die Kleidung von zwei anderen Frauen. Vielleicht konnte sie später noch ein paar Worte mit Mathis wechseln. Doch ein angenehmes Ziehen in ihrem Unterleib sagte ihr, dass sie nicht nur reden wollte.

Den ersten Satz gewann sie komfortabel mit 6: 2. Dann wurde er besser. Er hatte sie beobachtet sich auf ihre Stärken und Schwächen eingestellt und schlug sie im dritten Satz. Er hatte eine schwache Rückhand, was sie wiederum gnadenlos ausnutze. Nach zwei Stunden meinten sie keuchend, es sei jetzt genug.

Die Anlage hatte sich noch weiter geleert. Auf einem weiteren Platz spielten vier Frauen ein Doppel.

»Wie wäre es mit einer Dusche?« Das anzügliche Grinsen von Mathis ließ nur einen Schluss zu.

»Auf jeden Fall. Ich brauche dringend eine Abkühlung.«

Mathis zog sie in die Herrendusche, drehte den Duschhahn auf, sie stellten sich darunter und erst dann begannen sie sich hastig die durchgeschwitzte Kleidung abzustreifen. Zwischen Küssen und gierigen Blicken und zärtlichen Berührungen. Sie gingen abwechselnd auf die Knie unter dem warmen Wasser nach Luft schnappend, um dem anderen ein Stöhnen zu entlocken, kamen schließlich auf einem Duschhocker zusammen, den sie unter den Duschstrahl gezogen hatten.

Victoria hätte noch eine Weile so weiter machen können, doch sie brauchte noch ein paar Informationen.

»Mathis«, sagte sie, als auch sein Atem sich beruhigt hatte, »im Beipackzettel stand, dass eine mögliche Nebenwirkung ein Schlaganfall sein könnte. Es gab hier fünf in der letzten

Zeit. Kannst du dir vorstellen, dass das Medikament hier getestet wurde?«

Mathis wurde eine Spur blasser. »Nicht offiziell. Das machen normalerweise die großen Pharmaplayer. Wir machen Computersimulationen. Aber – es kommt manchmal vor, dass die Firmen einen kleineren Pretest erwarten. ... Aber fünf Schlaganfälle. Das ... das wäre zu viel. Ich habe auch gar nichts von freiwilligen Testpersonen gehört oder Selbstversuchen bei uns. Aber das wird auch nicht an die große Glocke gehängt.«

Victoria schaute ihm so in die Augen, dass er ihren Verdacht erkennen musste.

»Oh ... unfreiwillige Tests. Trotzdem fünf Schlaganfälle sind einfach zu viel. Und wenn das raus kommt ...«

»Lässt sich das irgendwie beweisen?«, fragte Victoria, der klar war, dass ein Verdacht allein kaum ausreichte, um irgendwen anzuklagen.

»Schlaganfälle kommen auch natürlicherweise vor und ich bin mir da auch nicht ganz sicher, wie genau das Medikament wirkt. Es könnte sein, dass es durch den Trägerstoff, also sozusagen durch die Trägerrakete oder sogar durch das RNA-Medikament selbst zu einer Blutgerinnungsstörung kommt und so möglicherweise zu einem Schlaganfall. Ich kann versuchen, etwas herauszufinden.«

»Ja, bitte. Wir sind die Guten. Die Zone verliert ihren Sinn und ihre Berechtigung, wenn wir uns jenseits aller moralischen Standards bewegen. Selbst dann nicht, wenn es vielen Menschen helfen könnte. Es geht nicht.«

»Nein, es geht nicht«, bestätigte Mathis. »Wie lange ist der letzte Schlaganfall her?«

»Zwei sind erst kürzlich, die anderen sind etwas länger her. Zwei vor einem halben Jahr und einer vor einem Jahr.«

»Es kann sein, dass es ihnen gelungen ist die Rate weiter nach unten zu drücken. Das müsste im Beipackzettel vermerkt werden. Wenn wir von selten zu sehr selten kommen, also bei 10.000 Behandelten auf eine bis zehn Personen mit einem Schlaganfall, wäre das schon vertretbar.«

Eine zugeschlagene Tür ließ Victoria hinaus und in die Damenumkleide eilen. Als sie zufrieden und unzufrieden, glücklich und unglücklich wieder in den Spätnachmittag trat warte Mathis bereits auf sie.

»Es hat Spaß gemacht«, lächelte er, als hätte es dieses Gespräch eben in der Dusche nie gegeben.

»Ja, wir sollten es unbedingt wiederholen. Vielleicht schlägst du mich dann doch noch mal«. Auch Victoria lächelte selig und konnte sich nicht zusammenreißen diesen wunderbaren Körper noch einmal zu berühren, als besäße er einen Zauber, der auf sie übergehen konnte, durch diese leichte Berührung am Arm. Sie hätte sich mit ihm gerne noch ins Clubhaus gesetzt zum Essen und einfach ganz normal mit ihm gesprochen, all diese Probleme ausblendend. Sie wäre jetzt gerne mit zu ihm gefahren, um es sich neben ihm auf dem Sofa gemütlich zu machen, ein Buch in den Händen. Sie wäre jetzt gerne mit ihm zum Meer gefahren, lachend und schweigend abwechselnd, ihn an der Hand haltend. All das ging nicht. Ihre Verbindung würde auffallen und weiter Misstrauen säen und Josef womöglich wieder auf scharf stellen.

Also fuhr sie mit dem Fahrrad zum Malkurs und später stand noch das Entspannungstraining an. Dann würde ihr

Blutstatus nichts anderes als grenzenlose Zufriedenheit und Gelassenheit anzeigen.

23.

In der »Was meinst Du AG« hatte sich das Interesse an Medikamenten vertieft. Die Schüler*innen hatten die Vor- und Nachteile von Psychopharmaka fundiert diskutiert und Victoria hatte den Wind genutzt, um einen Besuch bei Pharma4YOU zu vereinbaren, hatte mit den Schüler*innen recherchiert, was die so entwickeln: Neben Psychopharmaka, etwa einem Antidepressivum ohne die übliche sedierende Wirkung, eine Oxytocin-Variante, die bei sozialen Ängsten eingesetzt werden kann und unterstützende Mittel bei Suchttherapien insbesondere bei Alkoholsucht, gab es auch ein neues Medikament gegen Alzheimer.

Die Informationen auf der Homepage weckten das Interesse der Schüler*innen und sie ließ sie eine ganze Reihe von kritischen Fragen zusammentragen, die sie den Pharmakologen stellen wollten: Wie funktioniert der Entstehungsprozess neuer Medikamente? Wie werden Medikamente getestet? Kann eine rein pharmakologische Therapie dauerhaft bei psychischen Erkrankungen helfen? Welche neueren Entwicklungen im Bereich der Psychopharmaka sind zu erwarten? Wie funktioniert das Alzheimermedikament? Gibt es Forschungen zur tierversuchsfreien Medikamententestung?

Gut gelaunt und gut vorbereitet radelten sie gemeinsam vom Schulcampus quer über die Insel zu Pharma4YOU. Die Firma lag am nordöstlichen Stadtrand Quiberons und war in einem ehemaligen Hotel untergebracht. Ein neuer dunkelblauer Anstrich betonte die Seriosität. Wenn man etwas genauer hinsah, fand man ein paar Sicherheitsvorkehrungen, etwa einbruchsichere Fenster bis zur ersten Etage, einige Kameras, einen kräftigen Mann am Empfang hinter einer stabilen Tür. Der Sinn entschloss sich Victoria nicht. Konnten sie so wenig vertrauen?

Sie wurden freundlich begrüßt, nicht nur von einem Pharmakologen, Dr. Bram Peeters, einem Holländer, auch eine Dame vom Vorstand, Dr. Jasmin Feldmann, stand ihnen offenbar für Fragen zur Verfügung.

Natürlich war es für alle Firmen selbstverständlich, Schüler*innen bei Interesse herzlich zu empfangen, den Wissensdurst zu stillen, aber natürlich auch um ein wenig Werbung für sich zu machen.

Sie hatten ihre Fragen zuvor per mail verschickt, denen durchaus ein kritischer Unterton anzumerken war. Victoria war stolz auf ihre Schüler*innen. Jasmin begann mit der Vorstellung der Firma, wie nicht anders zu erwarten, hörte es sich wie eine Werbeveranstaltung an: Die Firma hatte ihren Schwerpunkt darauf gesetzt Medikamente zu entwickeln, überwiegend mittels Computersimulationen. Sie verlagerten ihren Schwerpunkt zunehmend in den psychischen Bereich, hatten aber auch einiges an Anti-Age Medikamenten entwickelt. Etwas, wofür viele Menschen viel Geld auszugeben bereit waren. Sie stellten also keine Medikamente her, das ginge auch kaum auf der kleinen Insel und für die umfangreiche Testung brauchte es einfach eine sehr große Firma. Sie schufen etwas Neues. Sie lieferten die Ideen und sie hatten schon sehr vielen Menschen auf der ganzen Welt helfen können.

Es entwickelte sich eine lebhafte Diskussion darüber, ob eine Psychotherapie nicht nachhaltiger wäre als Psychopharmaka, da diese ja weder die Lebensstrategie änderten, noch einen Lebenssinn hinzuzaubern oder pathologische Umstände in der Umwelt verändern konnten. »Ja, selbstverständlich. Es ist eine Ergänzung. Eine begleitende Psychotherapie ist natürlich gut, doch viele Patienten sind gar nicht zugänglich dafür, wenn in ihren Gehirnen so viel Unordnung herrscht. Also beides zusammen ist optimal und spart am Ende Zeit und auch Geld«, beantworte Jasmin die Frage begleitet von professioneller Gestik und Mimik.

»Im Internet stand eine Ankündigung eines neuen Alzheimermedikamentes. Wie ist die Wirkungsweise?« fragten eine andere Schülerin und Victoria war froh, die Frage nicht selber stellen zu müssen. Es folgte ein kleiner Abriss über die Erkrankung von Bram: »Fehlerhafte Proteine lagern sich an den Nervenzellfortsätzen des Gehirns ab, die die Zellfunktion bis zur Unfähigkeit einschränken können. Die kognitive Leistungsfähigkeit nimmt ab. Es kommt zu Verhaltensauffälligkeiten bis zu Selbstgefährdungen. Wir entwickeln eine Art Impfung, die auch bei Menschen, die eine Alzheimersymptomatik bereits entwickelt haben, den Prozess stoppen kann und sogar die schädliche Plaque entfernen kann. Es wirkt sowohl präventiv als auch kurativ. Es wird Millionen Menschen ein lebenswertes Leben bis ins hohe Alter schenken.«

»Wenn es eine Impfung ist, reicht dann eine Einmalgabe? Wäre ja schlecht fürs Geschäft«, warf Don ein, einer ihrer kritischsten AGler.

Ein Lachen ging durch den Raum, da jeder natürlich wusste, dass das Hauptaugenmerk der Pharmasparte

Gewinnmaximierung ist und nicht etwa das selbstlose Handeln für die Menschheit.

Jasmin wurde eine Spur blasser, fing sich aber schnell wieder und holte zur Antwort aus: »Nein, nicht ganz. Wir arbeiten an einer längerfristigen Wirkung. Und … es ist kein Gegensatz. Wir können nur helfen, wenn wir über die entsprechenden Mittel verfügen. Forschung ist teuer und es gibt eine Menge Entwicklungen, die aus dem einen oder anderen Grund im Sand verlaufen.« Etwas pathetischer ergänzte sie: »Wir sind wie diese Zone. Wir leben auf hohem Niveau und entwickeln auf allen Ebenen bessere Lebensbedingungen für Alle. Je mehr Menschen leben wie wir, desto besser ist es am Ende. Es ist vernünftiger, schenkt mehr Zufriedenheit und ist für unseren Planeten deutlich besser.«

»Wir sind die Guten«, ergänzte Victoria im Stillen. Na klar.

Bei der nächsten Frage ging es um die Entwicklung und Testung der Medikamente: »Auch wenn Pharma 4YOU selbst keine großangelegten Medikamententest durchführte mit Versuchspersonen oder Versuchstieren, Tierversuche sind bekannterweise ja auch in ihrer Zone verboten«, beantwortete Bram diese Frage, »so gibt es mehre Möglichkeiten Wirkstoffe zu testen. Wir setzen dreidimensional wachsende Zellkulturen ein, Computersimulationen und bildgebende Verfahren wie Kernspintomographie oder mit Ultraschall. Wir haben einen virtuellen Patienten entwickelt, mit dem wir unendlich viele digitale Zwillinge abbilden können, die Wirkungen und Nebenwirkungen deutlich machen. Das ist ziemlich neu und gut«, führte Bram aus.

Es kam noch eine Frage einer Schülerin: »Sie sagten, es handle sich um eine Art Impfung. Gehört das Medikament zu der neuen Generation von Medikamenten, die über eine Genveränderung wirken?«

»Wow«, dachte Victoria, »ihre Schüler*innen waren echt clever. Daran hatte sie noch gar nicht gedacht. Es war eine noch junge Disziplin. Victoria hatte nur mal am Rande etwas davon gehört und mitbekommen, wie kritisch dies gesehen wurde.

»Es ist keine Gentherapie, sondern basiert auf einer RNA-Veränderung«, sagte Bram, »aber, so genau kann ich euch das leider nicht erläutern. Das sind Betriebsinterna. Damals, die Corona-Impfung basierte auf einem ähnlichen Prinzip.«

»Hat diese Art der Therapie Nebenwirkungen?« wollte eine andere Schülerin wissen.

»Ja, es gibt kaum eine Therapie ohne Nebenwirkungen. Viele sind allerdings kaum der Rede wert, etwa Müdigkeit, Kopfschmerzen, Übelkeit. Das vergeht in der Regel schnell wieder. Seltener sind allergische Reaktionen.«

»Interessant«, dachte Victoria, »zwei Lügen bei einer Vorstellung. Das ist ja nicht gerade ein gutes Vorbild für die Jugend.« Sie lächelte. Wie es zu erwarten war, läutete Jasmin ihre Abschiedsworte ein, bot noch eine kleine Führung an, die natürlich sensible Bereiche leider aussparen musste, was die Schüler*innen dennoch gerne annahmen.

Alle staunten über die stylistische Modernität der Räume. Überall waren kleine Sitzgelegenheiten verteilt für spontane Besprechungen, Kaffeemaschinen und Wasserspender waren ebenso in jedem Bereich zu finden, Gemälde an den Wänden, Skulpturen hier und dort, Büros mit stabilen Türen und natürlich eine Menge Labore. Gerade als Victoria hoffte, Mathis nicht zu begegnen, weil sie sich irgendwie nicht taff genug, nicht hübsch genug fühlte, dem Gespräch gedanklich noch nachhängend, da kam er um die Ecke. In der Hand einen Kaffeebecher, sein wildes Rockerhaar zu einem Zopf zusammengebunden. Sie hörte wie ein paar der Mädchen kurz die Luft anhielten und ein zaghaftes »Hallo« von sich gaben, was Mathis mit einem breiten Grinsen, er meinte sie, das wusste Victoria, ohne sie anzuschauen erwiderte: »Das müssen unsere neuen Hilfskräfte sein. Das ist toll. Ich kann euch gleich einarbeiten«, woraufhin die Mädchen und ein paar Jungs begannen zu kichern, als sie die Aussage als Scherz identifiziert hatten.

»Es ist eine Schulklasse«, beeilte sich Jasmin zu sagen, die nun zu ihnen aufgeschlossen war.

»Wie schade«, meinte Mathis, sich unter den bewundernden Blicken sonnend, was ja eigentlich nicht seine Art war. Hatte sie etwa etwas damit zu tun?

Also drehten sie ab, Richtung Ausgang. »Auf Wiedersehen und vielen Dank. So ein Besuch ist ja so wichtig für unsere Schüler*innen«, flötete Victoria.

»Ja, gerne, das ist doch selbstverständlich«, tirilierte Jasmin.

Da hörte Victoria eine unangenehm vertraute Stimme: »Jasmin, kann ich kurz mit dir sprechen?«. Kam sie daher woher Mathis kam? Victoria war nicht sicher, aber sie stürzte jetzt förmlich zum Ausgang. Josef sollte sie nicht sehen und sie wollte Josef nicht sehen. Nichts wie weg.

24.

»Dylon, Dylon, Dylon ...«. Immer wieder kreisten ihre Gedanken um ihren Nocheheman und dies, trotz allem, freundlich und verbunden mit einem Begehren, von dem sie so sehr gehofft hatte, Mathis könnte es auflösen, zum Verschwinden bringen und sie heilen. Sie war nicht geheilt. Dylons Hände, sein Rücken, sein Po tauchten fragmenthaft in ihren Gedanken auf und begleiteten sie nun schon durch den halben Tag. In der Schule, beim Joggen, zu Hause. Es war wie ein Fluch. Er war ein Fluch. Sie musste sich ohnehin mit ihm treffen, doch täte sie es in ihrem gegenwärtigen Zustand brächte es sie weit zurück. Dorthin, wovon sie sich seit Jahren zu entfernen versuchte. Sie war schon so weit gekommen. Sie sah Licht.

Wieder einmal war sie dankbar dafür, so beschäftigt zu sein und so konzentrierte sich besonders intensiv auf die anstehenden Tagesprogrammpunkte. Am späten Nachmittag stand die Eröffnung einer neuen Galerie an, zu der sie eine Einladung erhalten hatte. Laura die Künstlerin kannte sie aus ihrer Damentennistruppe. Ihr Kontakt reichte kaum über ein paar freundliche Floskeln hinaus, aber vielleicht kämen ein paar Menschen, mit denen es sich lohnte, ins Gespräch zu kommen. Sie hatten den Gare Maritime, dem ehemaligen Fährhafen ganz in der Nähe ihres Apartments zu einem modernen Multifunktionsveranstaltungszentrum umgebaut.

Die Galerie war in rosa und schwarzes Licht getaucht. Victoria wunderte sich über diese Kombination, doch schon beim ersten Bild wurde ihr die dahinterstehende Absicht klar. Laura hatte großformatige Fotos mit Ölfarbe ergänzt. Sie hatte die Realität verändert. Mal besser und heiterer und mal dunkler, düsterer und schwermütiger gemacht.

Das, was wir ständig eher unbewusst, denn bewusst machen, hatte sie dargestellt. Im Hintergrund lief eine genauso merkwürdige Musik: Stücke von Bach, die entweder mit lateinamerikanischen Sambaklängen oder im Dark Wave Stil herüberkamen. Verwirrend. Einzigartig. Und so gut zu ihrer Stimmung passend.

»Dylon, Dylon, Dylon«. Wieder durchzog sie dieses Ziehen von der Brust in den Unterleib, was ihr nur zu deutlich zeigte, was ihr Körper sich wünschte. Sie fokussierte sich noch mehr auf die Bilder, die Musik, das Licht, das Gesamtkunstwerk. Es gelang, weil diese Kunst wirklich gut war. Sie konnte darin versinken. Ein Bild zeigte eine Frau, die nicht gerade als hübsch durchgehen konnte, doch durch die Ölfarbe, wurde sie attraktiv, bekam einen selbstbewussten Blick, eine etwas andere symmetrische Gesichtsform und erschien größer, als das ursprüngliche Foto sie zeigte. Stärker, farbiger und präsenter, durch ein Leuchten der Ölfarbe. Victoria war beeindruckt.

Als sie sich wieder auf diese höchst angenehme Art von Dylon entfokussiert hatte, betrachtete sie ihre Mitgäste: Einige kannte sie vom Sehen, konnte sie aber nicht alle einem Kontext zuordnen, andere hatte sie noch nie gesehen, und natürlich entdeckte sie auch ein paar bekannte Gesichter: Lore, ihre Ärztin war da, ein paar Kolleg*innen von der Schule, Amanda, die im Team für Ausweisungen war, ein paar Leute, die sie aus dem Yogastudio kannte und Jasmin Feldmann. War sie das wirklich? Bevor sie sich passende Worte zurechtlegen konnte oder sie überhaupt wusste, was sie von Jasmin wollen könnte, steuerte sie schon auf die dunkelhaarige große Frau zu.

»Ach Victoria«, wurde sie von Jasmin etwas zu kühl begrüßt, »erstaunlich, dass sich eine Lehrkraft nicht nur für Medizin, sondern auch für Kunst interessiert.«

»Ach, eigentlich finde ich medizinische Themen gar nicht so interessant. Es war die Idee der Schüler*innen sich damit zu beschäftigen. Das wird schüler*innen- und interessen geleitete Pädagogik genannt. Ich erkläre es dir gerne ausführlicher. Aber für Kunst habe ich als Psychologin tatsächlich eine besondere Vorliebe entwickelt. Die Bilder sind atemberaubend und deren implizite Botschaften berühren die Seele sehr direkt, sprechen unsere Sehnsüchte an und zeigen uns, wie falsch manches Mal unsere Wahrnehmung der Realität ist, selbst, wenn wir überzeugt davon sind, die Welt so wahrzunehmen, wie sie ist.«

»Eine Psychologin spricht über die Seele«, spottete Jasmin, »das ist ja schon fast spirituell.«

»Ich bin in erster Linie ein Mensch und dafür ist der Ausdruck Seele eine wunderschöne Beschreibung für das, was uns menschlich macht. Sie beschreibt das, was uns jenseits der Professionalität ausmacht, erfasst unsere Sehnsüchte und Ängste, sie justiert unseren moralischen Kompass, lässt unsere Entscheidungen freundlicher werden. Sie ist unser inneres Licht und wenn wir es sehen und beachten, möchten wir diese Welt auch zu einem besseren Ort machen. Nicht nur für uns, sondern für alle beseelten Geschöpfe.«

»Auch du lebst nicht von Träumen und schönen Worten. Sogar dein Freund Mathis hat verstanden, dass das Gute seinen Preis hat und nicht einfach so auf der Straße herumliegt. Wenn wir das kleinere Übel akzeptieren, um Schlimmeres zu verhindern, ist es auch etwas Gutes.«

Victoria schluckte. War ihre Beziehung zu Mathis jetzt jedem bekannt? Ihr wurde doch nicht etwa vorgeworfen, sie habe sich an Mathis herangemacht, um Informationen zu bekommen. Neulich hatte Mathis sie nach Steff gefragt. Hatte er danach gefragt, um sie auszuhorchten? Wo stand Mathis?

Es war alles mehr als verworren. Sie wollte doch nur diese reine neue Liebe zu Mathis erhalten oder zumindest rein werden lassen, da sie ja jetzt schon voller dunkler Flecken war: Dylon, der erzwungene Sex, all die Lügen. Aber Mathis, er würde sie doch nicht anlügen und sich für irgendwelche finsteren Spiele einspannen lassen?

»Es würde sehr wenig Böses auf Erden getan werden, wenn das Böse niemals im Namen des Guten getan werden könnte. Oft verliert man das Gute, wenn man das Bessere sucht«, zischte Victoria, der fast schon Tränen in den Augen standen. Es war offenbar noch ein Haifisch hinzugekommen. »Entschuldige mich bitte, meine Kunstlehrerin steht dort hinten. Ich muss sie begrüßen.«

Victoria wandte sich ab, ohne eine Antwort hören zu wollen und steuerte auf Didi zu. Mit einem warmen Lächeln nahm sie Victoria in die Arme. Sie musste aussehen wie ein getroffenes Reh. Einen Moment gestattete sie sich die Freundlichkeit in sich aufzunehmen, sich heilen zu lassen und sie wünschte sich nichts mehr, als dass Didi noch viel mehr Menschen umarmen könnte und dann, dann würde alles wieder gut werden. Und wenn das Geld für den Fortbestand der Zone wirklich nicht reichen sollte, würden sie eben noch einmal von vorne anfangen.

Es war ein Jammer, dass Didi in all diese Strategieausrichtungen nicht involviert war. Sie hätte sich für das Gute eingesetzt, sie hätte es nicht riskiert, etwas Schlechtes zuzulassen, um ihre Zone zu erhalten. Es gab hunderte von Menschen wie Didi, aber sie konnten nichts tun, weil sie nichts wussten. Wäre das der Schlüssel? Und hatte die KI von all dem nichts mitbekommen? War von dieser Seite keine Unterstützung zu erwarten? Victoria war erschöpft. Bevor sie überschießende Cortisolwerte zuließ, konzentrierte sie sich auf Didis Wärme, die sie tief in ihre Seele einsinken ließ. Sie war nicht allein, auch wenn sie augenblicklich mehr als allein war.

Und dann betrat er die Galerie: Dylon. Als hätte er ihre Sehnsucht nach ihm, ihr inneres Rufen gehört. Es war ihr einfach nicht vergönnt, sich im Kreis des Guten aufzuhalten. Wieder musste sie in Abgründe eintauchen. Aber es gab auch einen Teil in ihr, der genau dort eintauchen wollte. Kaum, dass Dylon sie entdeckt hatte, ihr einen durchdringenden Blick zugeworfen hatte, breitete sich ein brodelndes Verlangen in ihr aus. Dylon versprach für zwei Stunden alles zu vergessen, auch wenn sie zuvor noch ein paar Informationen aus ihm herausholen musste.

Ohne auch nur ein Bild zu betrachten, kam er auf sie zu. Merkwürdig, dass dieser Mann, der so tief Musik empfinden konnte, so wenig für bildnerische Kunst übrighatte. Also drücke sie noch einmal Didi, entschuldigte sich bei ihr und machte sich bereit, stählte sich für Dylon.

»Du bist hier«, sprach Victoria laut aus, worüber sie sich wunderte.

»Ich bin hier«, bestätigte Dylon und sein Blick strich nun doch kurz über diese unglaubliche Bilderflut, blieb hier und da hängen, bevor er Victoria wieder anschaute. »Ich … ich weiß nicht, weshalb ich hier bin. Ich dachte du wärst hier. Die KI hat mich eingeladen. Ich wollte eigentlich nicht kommen. Aber nun bin ich hier.« Dylon lächelte sein schaurig schönes Lächeln, Victoria Herz begann zu schmelzen.

»Du hast doch nicht etwa einen People Scanner benutzt, um mich zu treffen?«

»So ein Scanner ist in mir. Ich finde dich immer und überall. Wir sind miteinander verbunden. Lass uns gehen.«

Natürlich wusste Victoria, was folgen würde. Eine dieser unglaublich intensiven Nächte. Dylon war dran, das Setting zu wählen. Sie würde alles mitmachen. Sie wollte alles mitmachen, sie wollte sich verlieren in dem Sex mit Dylon eintauchen, diesen gedanklichen luftleeren Raum erkunden und sich von ihm ganz einnehmen lassen. Ohne zu fragen wohin, folge sie Dylon nach draußen in den etwas kühleren Abend, geschmückt wie ein Gemälde von Laura, das Meer in stetiger Bewegung, darüber ein paar Wolkenfetzen. Wäre er rosa oder schwarz angestrahlt? Welche Ergänzungen hätten Laura mit den schweren Ölfarben vorgenommen? Vielleicht hätte sie das Meer bluten lassen, aus den Wolken wären Tränen geflossen und sie hätte einen scharfen Wind dazu gemalt.

Wenig überraschend gingen sie zum Anleger für die kleineren Boote.

»Ich habe uns etwas zu essen bestellt. Ich hoffe, du hast noch ein wenig Appetit?«

Bisher hatten sie jede Berührung vermieden, obgleich ihre Körper sich anzogen wie Magneten. Es war aber nicht an ihr dem nachzugeben und Dylon hier an Ort und Stelle zu verschlingen.

»Mit dir zu speisen ist mir immer ein Vergnügen«, spielte sie das beginnende Spiel mit und Dylon lächelte sie zufrieden an.

Nachdem er sie in sein Boot gesetzt hatte, und sie nahe der Küste ostwärts tuckerten, überkam Victoria abermals die Vision eines möglichen Bildes von Laura. Dylon, im Boot sitzend, die Hand an der Ruderpinne, schön strahlend in einem schwarzen Schwarz, etwas größer als tatsächlich, eingetaucht in rosarotem Licht.

Sie konnte das Denken aber noch nicht ganz aufgeben. Sie musste noch etwas über Henning erfahren. Doch - der Abend, die wohltuende Erregung in ihrem Körper, Dylons Präsenz, all das war zu schön, um es durch Worte zu stören. Wenn sie zunächst gemeinsam Essen würden, wäre dann noch genug Zeit für eine weitere Zonenrettungsmaßnahme, die ihr plötzlich beim Blick über das weite immer dunkler werdende Meer immer sinnloser vorkam.

Was war eigentlich wichtig? Die Zone oder sie selbst? Die Zeit schritt vorwärts und es war vollkommen unmöglich, diese Bedrohungslage, in der sie sich befand, abzuschütteln und die Idylle von einst wieder hervorzuzaubern. Vermutlich gab es die nie, denn sie hatte ja immer die Augen fest vor all der Politik den Entscheidungen, die zu treffen waren, verschlossen. Ihre Strategie sich und die Zone zu retten, indem sie Informationen sammelte, Verbündete suchte, war so gut wie gescheitert. Zu gering waren diese Kräfte und zu gefährlich war es, sich auf diese Mächte einzulassen.

Nur der Zauber des Abends und Dylons Gegenwart ließen sie nicht in vollständiger Härte auf die Felsen der Realität aufprallen. Indem sie nun Dylon in einen Abgrund folge, dem sie schon abgeschworen hatte, verhinderte sie in eine viel tiefere Schlucht zu fallen.

Wieder lächelte Dylon, was ihr half, sich von diesen trüben Gedanken abzugrenzen und sich auf das einzulassen, was immer er auch mit ihr vorhatte. Es lag Vorfreude und dieses eiserne Selbstbewusstsein in seinem Lächeln, genau wie Liebe und Anerkennung.

Nachdem das kleine Boot noch eine Weile nach Norden gefahren war, stoppte es Dylon und vertäute es an dem kleinen Anleger in der Nähe seiner Werkstattkirche, diesem hohen düsteren Gebäude, dass so gut zu Dylon passte.

Der Innenraum der alten Kirche war in ein sanftes Licht getaucht. Eine Plattform, in gut fünf Metern Höhe, die an Seilen angebracht und locker hin und herschwang, wurde mit roten und blauen Scheinwerfen angestrahlt und als Victoria allmählich klar wurde, was das Arrangement bedeuten musste, wurde ihr schwindelig. In der Hoffnung auf einen Irrtum, sah sie in Dylons Gesicht, der mit einem etwas schiefen Lächeln nur bestätigte, was sie jetzt wusste.

»Wir essen dort oben?«

»Wir essen dort oben. Wenn du mir bitte folgen würdest.«

Sie folgte ihm und wusste schon jetzt, dass ihre Antwort hart ausfallen würde. Er wusste natürlich, dass sie unter Höhenangst litt. Er wollte ihre Angst für den Sex benutzen. Mistkerl!

Sie folgte ihm. Er führte sie in eine Art Hebebühne, immerhin mit einem Geländer, Dylon drückte auf einen Knopf und dieses offensichtliche Provisorium sorgte dafür, dass sie in die Höhe schwebten. Victoria wurde übel und mit jedem Zentimeter, welchen das Gefährt an Höhe gewann, nahm ihre Angst zu. Sie sammelte sich im Magen, drängte nach oben zum Kopf und drohte dort zu explodieren. Dann würde sie die Kontrolle verlieren und in Panik ausbrechen, womöglich die fünf Meter in die Tiefe stürzen. Überlebt man das?

Dylon griff nach ihrer Hand: »Vertrau mir, es wird dir am Ende gefallen. Die Quiche sollte noch warm sein und zum Dessert gibt es einen Flam.«

Nun mischte sich ein wenig Sanftheit in die brodelnden Gefühle. Er hatte an gleich zwei ihrer Lieblingsessen gedacht. Wie lieb. Sie hoffte nur, dass es nicht so schlimm werden würde, dass sie anschließend sowohl Quiche, als auch Flam verabscheuen würde.

Mit einem Ruckeln blieb die Kabine stehen. Ein festlich gedeckter Tisch erwartete sie: Auf der weißen Damast-Tischdecke edles weißes Porzellan, eine Vase mit ein paar wilden lila Astern, Silberbesteck, hochstielige Gläser, Kerzenleuchter. Wow, Dylon hatte sich wirklich Mühe gegeben.

Überrascht stellte Victoria fest, dass der Tisch für drei Personen gedeckt war und jemand bereits dort saß. Es war Dantis. Unbekleidet. Kaum, dass er sie und Dylon sah, erhob er sich, was das Schwanken der Plattform noch einmal verstärkte und Victorias Angst nochmals vom Magen in den Kopf schießen ließ. Er nickte erst Victoria, zu, sagte »Hallo Victoria, wie schön, dich wiederzusehen.« Dann ein Lächeln in Richtung Dylon: »Hallo Dylon.«

»Wie nett, dass du uns Gesellschaft beim Essen leistest«, antworte Dylon und Victoria wunderte sich darüber, wer ihn wie dazu gebracht hatte den Robotern derartig viel Höflichkeit beizubringen. Und an sie beide gewandt: »Bitte setzt euch doch.«

Galant geleitete Dylon sie den guten Meter vom Aufzug zu ihrem Stuhl. Durch ihre Bewegungen brachten sie die ganze Konstruktion noch mehr zum Schwingen und die Panik drohte überhand zu nehmen.

»Warte kurz«, schrie sie fast, »Ich muss mich ein wenig daran gewöhnen.«

Dylon blieb stehen. Victoria fokussierte sich auf die Weinflasche, die auf dem Tisch stand. Sich stark auf etwas zu konzentrieren, hatte ihr schon früher manches Mal in höheren Lagen geholfen. Sie atmete. Ein, aus, ein aus, ließ dabei ihre Ausatmung länger und langsamer werden und es gelang ihr, die Angst etwas zurückzudrängen.

»Victoria, du bist eine fantastische Psychologin. Du fängst deine Ängste ein, als wären es Fliegen. Du solltest das allen Menschen beibringen.«

»Alter Schmeichler«, dachte sie, sprach es aber nicht aus, sondern versuchte ein zaghaftes Lächeln. Sie musste ihren Mut wieder sammeln, die Atmung wieder konzentrieren, wiederum einen Fokuspunkt finden, damit ihre Augen nicht auf die Idee kämen, in die Tiefe zu blicken. Sie zwang sich dazu, Dylon loszulassen und als sie es nach einer Weile geschafft hatte und er damit begann die Quiche aus der Box zu heben, musste sie doch anerkennen wieviel Vorbereitung und Mühe er in dieses Treffen investiert hatte. Nur für sie – für sie Beide. Im Hintergrund war ein Sinfoniekonzert zu hören, Victoria meinte die zweite von Rachmaninow zu erkennen. Nichts passte besser in diese Szene.

Hier zwei Meter unter der Decke war es ziemlich warm.

»Es ist warm« sagte Dylon. Dyson ergänzte: »Victoria leg doch deine Kleidung ab. Oder kann ich dir behilflich sein?«

»Oh, vielen Dank« rief Victoria schnell, weil sie weitere Schwankungen befürchtete und die freundliche Bitte als das aufnahm, wie sie gemeint war. Als Befehl. »Ich bin ja schon ein großes Mädchen.« Dylon und Dantis lachten pflichtschuldig. Victoria begann damit, sich aus ihrer Kleidung zu schälen. Schicht für Schicht. Nur den Schmuck, eine schwere Goldkette, ihre Armbänder mit der Heilung versprechenden Edelsteinen und ein paar Ringe, darunter den von Dylon den sie vor gut zwanzig Jahren von ihm erhalten hatte und den sie so oft ab- und wieder angelegt hatte, dass sie es nicht mehr zählen konnte.

Voller Zufriedenheit, Vorbefriedigung und Selbstgewissheit glitt Dylóns Blick erst über ihren Körper, dann zum Ring. Sein Lächeln wurde noch etwas satter. Er genoss das Setting, er genoss sie wie sie war: Nackt, schön, voller widerstreitender Gefühle: Angst, Freude, Vorfreude, Liebe, Angst, Angst, Angst und Unwohlsein, da dieser Roboter, der Mathis so verdammt ähnlich sah, ihr gegenübersaß. Sie wagte es immer noch nicht nach unten zu schauen, krallte ihren Blick an die Weinflasche und nur wenn einer der beiden Männer das Wort an sie wandte, hob sie den Blick. Ihre Muskeln wollten sich einfach nicht entspannen.

Dylon hatte sie gerade höflich nach ihren eigenen künstlerischen Arbeiten gefragt, Dantis hatte ebenso höflich ein paar Ergänzungen zu aktuellen Kunstrichtungen ergänzt und sogar einen witzigen Kommentar dazu gemacht.

Aber nun musste Victoria nach Henning fragen und dies möglichst unverfänglich, da Dantis komplett verdrahtet war und sie Dylon nicht vollständig vertrauen konnte. So ging es von ihrer Freizeit zu Dylons Freizeit, zu seiner Arbeit und zu Henning: »Was ist eigentlich mit Henning. Er ist ja aus familiären Gründen wieder nach Deutschland gegangen. Bleibt er dort oder möchte er wiederkommen?«

Dylon schüttelte leicht den Kopf. Also war das jetzt kein gutes Thema, also konnten sie nicht freisprechen, also war Henning nicht in Deutschland, zumindest hatte auch Dylon ihn nicht ausfindig machen können.

»Ja«, lachte Dylon, »Henning hockt jetzt wohl im kühlen Köln und muss wohl seinen Vater dazu bewegen ihm seine Finanzangelegenheiten zu übertragen, damit er nicht alles an verarmte Familien spendet, die er in Köln großzügig zum Essen einlädt und mit Geschenken überhäuft. Aber, keine Ahnung, ob er wiederkommt. Wir haben jetzt auch gar keinen Kontakt mehr.« Und ergänzte: »Dantis, sei doch so nett und hol noch eine Flasche n.A. Wein. Es müsste noch eine in der Vorratskammer sein. Und … beweg dich bitte hier oben langsam. Wir wollen doch nicht, dass Victorias Blut sich in ihrem Körperzentrum sammelt.«

»Oh«, meinte Dantis, »ein Schock, auch durch Angst ausgelöst, kann durchaus lebensbedrohlich sein. Klar bin ich vorsichtig.«

Victoria lächelte die Maschine freundlich an. Meine Güte, war der gut. Doch Mathis hätte niemand darum bitten müssen, sich vorsichtig zu bewegen. Mathis hatte das ganz von alleine gemerkt.

Kaum war Dantis außer Hörweite, wobei Dylon offenbar die deutliche weitere Hörweite eines Roboters in seine Kalkulation miteinbezog, beugte er sich vor und flüsterte: »Henning ist offenbar verschwunden. Sein Vater meinte, er wird vermisst. Ein Segelunfall, aber der klang etwas wirr. Hier wird eine andere Geschichte erzählt: Henning ist in Deutschland. Ich kann da nicht mehr darüber rausfinden.

Als ich Josef mal auf Henning angesprochen hatte, wurde der ziemlich sauer.«

»Kannten sich Henning und Josef denn?«, wollte Victoria wissen.

»Ja, aber nicht besonders gut. Henning war immer etwas aufbrausend und hat seine Kolleg*innen und Josef als Feiglinge bezeichnet. Er hat einen Amerikaner in die Zone geholt, meinte, er würde uns retten.«

»Haben die sich getroffen?«

»Das weiß ich nicht. Victoria, das ist alles ziemlich heiß. Ich hätte gar nicht mit dir darüber sprechen sollen. Es gibt hier ein paar Leute, die sind ziemlich nervös. Josef hat schon wieder nach dir gefragt. Bitte … halt dich daraus.«

Dantis brachte abermals die Plattform in Schwingungen, als er sie wieder betrat in einer Hand die Flasche Wein. Jetzt galt es wieder umzuschalten. Sie ließ Blut in ihren Unterleib fließen und genoss ein wenig die angenehme Erregung., die sich nun tatsächlich mit der Angst mischte. Dylon, noch immer vollständig bekleidet: Jeans, weißes T-Shirt und dunkelblaues Sakko, ein Mann wie aus einer Rasierwasserwerbung, hatte offenbar die gleiche Idee.

Victoria konnte sich noch immer nicht dazu überwinden, woanders hin als zu Dylon, Dantis oder den Gegenständen auf den Tisch zu schauen. Sie würde sich nie an diese verdammte Höhe gewöhnen.

Die Quiche war ausgezeichnet. Dylon und sie waren wieder in einen neckenden Plauderton verfallen, machten sich Komplimente, sprachen über Musik. Dantis beteiligte sich erstaunlich intelligent und empathisch am Gespräch. Er passte Sprechpausen ab, um einen eigenen thematischen Beitrag beizusteuern: »Rachmaninows Musik klingt in unserem Kulturkreis oft etwas düster und melancholisch. Früh musste er mit seiner ersten Sinfonie einen Misserfolg erleben, obgleich er zu wissen glaubte, dass sie gelungen war. Mehre Jahre litt er unter einer Depression und schaffte es kaum, etwas Neues zu komponieren.«

»Ist es richtig, dass Rachmaninow nicht in Russland blieb?« wollte Victoria wissen und fand es ungemein praktisch ein so gutaussehendes Lexikon am Tisch sitzen zu haben.

»Ja, er immigrierte in die USA und ließ sich später in der Schweiz nieder. Er musste als Adliger 1918 mit 48 Jahren während der russischen Revolution fliehen. Er hatte seine Heimat geliebt und er blieb sein Leben lang voller Sehnsucht nach Russland.«

Auch der Flam schmeckte gut. Victoria nahm sich noch einen Nachschlag, ihr Körper bereitete sich weiter auf das Kommende vor.

»Dantis, kannst du eigentlich kochen?«, wollte Victoria wissen?

»Aber nein, dafür gibt es doch Roboter«, sagte Dantis und es hörte sich fast an, als wäre er beleidigt.

Dylon bat Victoria aufzustehen und Dantis ihre Hand zu halten. Das Stehen ließ ihre Angst wieder etwas höher aufploppen. Victoria bemühte sich darum, sich auf Dantis warme Hand zu konzentrieren, die, die die ihre fest und gleichzeitig zart hielt. Dylon gab ihr einen sehr langen und sehr zärtlichen Kuss: »Vertrau mir. Wir müssen alle ab und zu über unsere Grenzen hinaus gehen. Nur so können wir Großes vollbringen und wachsen.«

Er räumte Tisch und Stühle etwas zur Seite und bat Dantis sich auf einen davon zu setzten, während er Victorias Hand übernahm, sie und sich selber in die Hocke absenkte und begann sie mit zarten Küssen einzudecken. Er nahm sich Zeit. Er strahlte Ruhe und Sicherheit aus. Er war ihr Felsen, der Feuer entfachen konnte.

Victorias Atmen beschleunigte sich, sie musste, musste, musste nun auch Dylons Körper spüren, mit Fingern und Mund ihn zum tausendsten Mal entdecken, aber zunächst musste sie ihn aus seiner Kleidung herausbekommen.

Schließlich legte er sich auf sie, drang kräftig in sie ein. Die Klänge der Rachmaninow Sinfonie wurde zunehmend lauter.

Je mehr sie sich bewegten, desto mehr begann die Plattform zu schwingen, desto größer wurde die Angst und die Angst nahm die Lust mit. Mit jedem Stoß gelangte ihr Kopf näher an den Rand der Plattform, näher an den Abgrund. Bis er darüber hinaus hing, Victoria, in Panik die Augen schloss, sich aber um keinen Preis der Welt jetzt von Dylon lösen wollte. Er hielt inne, bat sie die Augen wieder zu öffnen und machte weiter.

Ihr Orgasmus war tief und weit. Überwältigend. Dylons Plan war voll und ganz aufgegangen. Die Angst hatte ihre Lust noch weiter angefacht und Dylon hatte dafür gesorgt, dass sie niemals drohte, die sexuelle Erregung zu übertrumpfen. Kurz nach ihr kam auch er zum Höhepunkt, er zog sie wieder weiter in die Mitte, legte sich neben sie und schlief ein. Sie nahm all ihren Mut zusammen, stand auf, schmiss ihre Kleidung hinunter, stieg in die wackelige Kabine, ließ sich herabsenken, suchte sich eine Decke und legte sich auf das alte Sofa und träumte einen wundervollen Traum. Morgen würde sie einen vortrefflichen Marathon laufen, sie würde ihn mit dieser Energie von Dylon fliegen. Der Quiberthon stand an, 33 Kilometer rund um die Insel.

25.

Ausgeschlafen und voller Energie wachte Victoria auf. Das Sofa hatte sich als bequemer erwiesen, als sie zunächst angenommen hatte. Von oben hörte sie, dass Dylon noch schlief, also machte sie sich auf den Weg nach Hause, um sich für den Quiberton bereit zu machen.

Es gab mehrere Startpunkte und man konnte anfangen, wann man wollte. In komfortablen vier Stunden musste man die Insel umrundet haben. Victoria freute sich, umso mehr, dass sie einen angenehmen Spätsommertag erwischt hatten. Der Marathon war Bestandteil des Fitnesstests und entschied darüber, wer auf der Insel bleiben durfte. Victoria blickte dem völlig gelassen entgegen. Damit hatte sie noch nie ein Problem gehabt.

Nach einer Stunde checkte sie am Port Maria ein mit Brad an ihrer Seite und trabte los im Uhrzeigersinn in Richtung Naturschutzgebiet. Der erste Versorgungspunkt war an den Klippen am Beg er Goalennec mit einer wunderbaren Aussicht. Ein paar Schüler*innen hatten dort Posten bezogen, verteilten Wasser, Müsliriegel und Bananen und wünschten einen guten Lauf. Victoria war stolz auf sich. Wäre sie in Deutschland geblieben, hätte sie ihr altes Leben weitergeführt, hätte sie diesen Lauf vermutlich nicht mehr geschafft. So fit und gesund wäre sie gewiss nicht. Gut gelaunt ging es weiter Richtung Cote Sauvange. Immer wieder liefen an ihr oder sie lief an anderen Zonenbewohner*innen vorbei. Alle 3000 mussten heute schließlich irgendwann diese Route zurückgelegt haben und sie hoffte möglichst wenigen zu begegnen, die sie kannte. Auch Mathis wollte sie jetzt nicht sehen.

Dann kam der Kater. Der psychische Kater. Hatte Dylon tatsächlich ihre Höhenangst in seine sexuellen Spiele eingebunden? Es gab so viele Momente, in den sie auf dieser Plattform Angst hatte. Fast Panik. Dylon hatte einen Zusammenbruch ihrer psychischen Resilienz provoziert. Verdammt. Es hätte auch schiefgehen können. Der Orgasmus war großartig. Das musste sie zugeben. Aber wäre das nicht auch anders gegangen. Im Hinterkopf hörte sie ein lautes »Nein«. Es war Dylons Stimme, die sie da hörte. Es war wirklich an der Zeit, sich endgültig von ihm zu lösen. Wo sollte das enden? Sie hatten sich immer höher eskaliert mit ihren sexuellen Settings. Sie wollte an dieser Schraube nicht noch weiterdrehen. Doch zuvor galt es Rache zu nehmen und irgendwo in ihrem Gehirn bildete sich eine grausige Idee.

Jetzt wünschte sie sich doch Mathis herbei. Mathis ihr Rettungsanker, der sie in die sexuelle Normalität zurückbringen konnte. Vielleicht könnte sie ihn gedanklich genauso zu sich rufen, wie gestern Dylon?

Am nächsten Posten, am Fort Penthivree, stand Lore, ihre Ärztin. Hier würde morgen die große Jahresfeier stattfinden mit geladenen Gästen. Und sie hatte eine Einladung.

»Hallo Victoria«, wurde sie von der Ärztin begrüßt, »wie läuft es? Gibt es irgendwelche Probleme? «

»Nein, alles Bestens. Es macht Spaß. Ich bin total happy, dass ich so fit bin … und …«, fügte sie hinzu, »… falls ich gestern Nacht einen etwas höheren Stresslevel hatte, mach dir keine Sorgen, ich hatte Sex mit Dylon.«

Lore schluckte. Victoria wusste, dass sie was die Sexualität betraf, etwas konservativer eingestellt war. Vermutlich kannte sie Dylon gar nicht, doch sie hatte es als derartige Selbstverständlichkeit hervorgebracht, dass sie annehmen musste, sie habe mit Dylon stresslevelsteigernde Sexspiele gespielt, was ja der Wahrheit entsprach. Sie konnte hoffen, dass Lore bei einer weiteren Erhöhung denken konnte, sie wäre wieder mit Dylon zusammen gewesen. Und vielleicht würde sie Dylon mal bei ihr vorbeischicken, dann wäre das Ganze natürlich noch glaubwürdiger.

Denn sie musste ja noch über Henning nachdenken. Vielleicht jetzt, wenn sie wieder südlich nach Saint Pierre lief, ihre Cortisolwerte dürften durch das Laufen ohnehin weiter oben sein. Henning hatte Jeff in die Zone geholt. Aber warum? Er musste sich eine hohe Geldsumme davon versprochen haben. Dylon hatte ja gesagt, er könne die Zone retten. Also war Jeff kein normaler Bewohner gewesen. Aber was war er? Henning war offenbar im Streit mit den anderen Entwicklern. Auch mit Josef? Musste er deshalb sterben? Sie kam einfach nicht dahinter.

Als hätte sie auch Josef herbeigerufen, sah sie Josef schon von weiten, wie sich seine füllige Silhouette den schmalen Küstenweg entlangschleppte.

»Achtung«, rief sie fröhlich, damit er sich nicht erschreckte und zog flott an ihm vorbei. Es wäre zu schön, wenn er nicht in der vorgegebenen Zeit ankommen würde. Kurz überlegte sie hinter der übernächsten Kurve eine kleine Falle zu bauen. So wie sie es als Kind gemacht hatte: ein Loch graben, es mit Zweigen und Blättern abdecken. Doch sie verwarf den Gedanken wieder und wusste nicht, warum.

In Saint-Pierre hatten die Dorfbewohner quasi ein Buffet aufgebaut. Victoria deutete das als Zufriedenheit. Es waren gute Arbeitsplätze und auch das Dorfleben war harmonisch. Es gab selbstgebackenen Kuchen, Müsliriegel, Obstsalat in kleinen Schälchen, Saftschorlen und lächelnde Dorfbewohner, die den durschwitzen und erschöpften Workers Mut zusprachen, bevor sie nach der kurzen Stärkung weiterliefen nach Süden Richtung Port Haligen, dem größten Hafen der Insel. Ein paar Kilometer davor traf Victoria auf ihre Yogatruppe. Sie hatte nun fast 20 Kilometer zurückgelegt und hoffte insgesamt auf weniger als dreieinhalb Stunden zu kommen. Sie schloss sich ihnen an. Das Tempo passte gut und sie konnten etwas Energie um sich herum zirkulieren lassen.

Trotz einiger Scheußlichkeiten, die Victoria in der letzten Zeit erleben musste, war sie nach wie vor überzeugt von der Zone. Es war eine gute und richtige Art zu leben. Gut für sie und gut für die Welt und sie fühlte sich ganz überwiegend immer noch wohl. Keine Minute hatte sie ernsthaft daran gedacht, die Insel zu verlassen. Sie wollte hierbleiben und deshalb mithelfen die Dinge in Ordnung zu bringen.

Am Ende war Victoria nach drei Stunden, neunundzwanzig Minuten und vier Sekunden wieder da, wo sie angefangen hatte. Wunderbar. Sie war stolz auf sich.

26.

Es war schön, Zeit für einen Spaziergang mit Brad zu finden. Sie genoss die noch warme Herbstluft und fühlte immer noch eine eigenartige Sättigung in sich, wie dies oft nach einem hochwertigen Kulturgenuss vorkam. Beim Anblick der Klippen durchlief sie nach wie vor ein Schaudern. Würde dies Landschaft von nun an für immer mit Mary verbunden sein? Es würde dieser Zone nicht gerecht werden, sich von Gefühlen herunterziehen zu lassen. Also schloss und öffnete sie ein paar Mal hintereinander die Augen, verband dies Felsen mit einem Gefühl der Freiheit, der Überlegenheit und der Sicherheit. Sie würde Mary niemals vergessen, immer ihre Mutter sein und tun, was sie tun konnte, um sie zu unterstützen. Im Moment waren sie und die Ärzte allerdings erstmal der gleichen Meinung: Mary sollte Abstand zwischen sich und die Zone bringen. Victoria bestand auf einen wöchentlichen Bericht. Mehr konnte sie im Moment nicht tun.

Auch Brad genoss es, Zeit mit ihr zu verbringen. Viel zu oft hatte sie Janine vom Service damit beauftragen müssen, sich um den Hund zu kümmern. Glücklicherweise klappte es meist, dass Janine kam und Brad zu viele Wechsel erspart blieben, doch diese Verbundenheit zwischen ihr und Brad war einzigartig, wenn er auch Janine akzeptierte und auch mochte. Diese Spaziergänge am Meer luden sie stets mit Energie auf. Und sie brauchte unbedingt diese Energie, denn am Abend stand die VIP-Party der Führungsriege an. Sie hatte über Steff eine Einladung bekommen. Die Gala sollte im Fort de Penthièvre stattfinden. Der alten Befestigungsanlage am Beginn der Halbinsel, Ihre Sicherheitszentrale, ganz in der Nähe ihres alten Arbeitsplatzes. Dylon würde sicher mit einem seiner Sexroboter da sein, Mathis hoffentlich nicht. Er war nicht wichtig genug. Sie würde Josef begegnen, der sicher etwas mit der Bedrohung zu tun hatte und Oksana, die irgendwie auch auf dieser mysteriösen anderen Seite stand. Es würde der komplette Inner Circle da sein, alle Bereichsmanager, die meisten Unternehmer und deren Führungskräfte, ein paar Künstler und eine Reihe von Personen, die irgendwelche herausragenden Leistungen vollbracht hatten. Außerdem konnten viele noch ein oder zwei Personen mitbringen.

Entgegen der KI-Empfehlung auch Menschen vom Personal einzuladen, hatten sie sich dagegen entschieden und zur Beruhigung einfach ein zweites gemischtes Fest ins Leben gerufen. Es war eine nicht so exklusive Veranstaltung, die meisten Teilnehmenden wurden ausgelost, doch es wurde immer dafür gesorgt, dass ein paar wichtige Leute da waren und die musikalischen Beiträge ausgezeichnet waren und für viele war es ein Höhepunkt des Jahres.

Bevor sie sich für die Feier fertigmachte, wollte sie noch kurz ins Dorf fahren. Vielleicht konnte sie etwas über den Werdegang der illegalen Alkoholproduktion erfahren. Jemand wusste, dass sie davon wusste. Die Drohung neulich vor ihrer Haustür war deutlich. Sie hing nach wie vor in der Luft. Seitdem hatte sie von der Sache nichts mehr gehört.

Kaum war sie mit dem E-Bike in Sankt Pierre angekommen, suchte sie nach Allen. Sie fand ihn zu Hause, im Bett liegend. »Hi Allen«, begrüßte sie ihn, »Bist du krank?«

»Oh, mein Magengeschwür regt sich. Aber seit ich krankgeschrieben bin, wird es tatsächlich besser.« Zu lange durfte er nicht krank sein, das wusste Victoria, dann würde er abgeschoben werden. Immerhin würde es ein Perspektivengespräch geben und auch eventuell sogar eine finanzielle Unterstützung. Die französische Regierung hatte immer wieder gegen diese Aushebelung des französischen Rechts protestiert, doch bisher war sie wenig erfolgreich damit. Gesundheit als oberste Maxime war Teil des Programms und galt für Alle.

»Victoria, es tut mir leid«, sprach Allen weiter und er hörte sich dabei einigermaßen zerknirscht an, »ich wollte ihnen nicht sagen, dass ich dir das mit dem Alkohol gesagt habe. Sie hätten mich sonst sofort rausgeworfen. Mir wäre es gleich, doch die Kinder fühlen sich wohl. Es tut ihnen gut hier zu sein.«

»Schon gut, kein Problem«, versuchte Victoria Allen zu beruhigen, der ihren Verdacht nun bestätigt hatte. »Mach dir keine Sorgen. Manche Menschen finden eben immer Wege ihre Interessen durchzusetzen, ganz gleich, was du gesagt oder verschwiegen hättest.«

Allens Gesichtsmuskulatur schien sich ein wenig zu entspannen. Sie fuhr fort: »Und nun schauen wir mal, dass du wieder fit wirst.«

Länger als sie es vorhatte blieb Victoria bei Allen. Sie übten »Nein-Sage-Strategien« ein, erprobten unterschiedliche Entspannungstechniken und sprachen auch über die Wirkung von Alkohol auf Magengeschwüre. Allen hatte beteuert seine Brennerei aufgegeben zu haben, doch die Wahrscheinlichkeit war natürlich hoch, dass wer anders übernommen hatte. So genau wollte sie das nicht wissen.

Also verabschiedete sie sich, wenig klüger als zuvor. Es war Zeit sich auf den Abend vorzubereiten.

Ihre Abendgarderobe lag bereits auf dem Bett. Sie hatte den Service in Anspruch genommen, der KI-basiert ein perfektes Outfit für diese Gelegenheit geliefert hatte und sich sogar eine Visagistin gegönnt, die ihr beim Make-up und der Frisur helfen würde. Sehr eitel war Victoria im Allgemeinen nicht, doch heute brauchte sie es zu Strahlen. Sie brauchte das Gefühl der Sicherheit, welches stets durch ein perfektes Outfit entstand, denn sie hatte einige Begegnungen zu bewältigen, für die sie bisher keine Strategie hatte. Wie sollte sie sich Oksana gegenüber verhalten? Wie gegenüber Josef? Gäbe es die Möglichkeit mit einen von den Entwicklern oder des Vorstandes des Alzheimermedikaments zu sprechen? Oder jemanden anderen aus dem Inner Circle, um da die Stimmungen und Neigungen etwas auszuloten?

Beim finalen Blick in den Spiegel blieb ihr die Luft weg. Sie fühlte sich wie Cinderella. Nun musste sie ihr Gefühl dem Outfit anpassen. Mit ein paar psychologischen Tricks, den Blick fest auf ihr Spiegelbild geheftet, gelang es mühelos. Das petrolgrüne Abendkleid aus mehreren Lagen Seide und Satin hatte eine Schleppe, es war ärmellos und tief ausgeschnitten. Die Visagistin hatte ihre Haare überwiegend hochgesteckt, an den Seiten jedoch ein paar Strähnen gelockt, ihr Gesicht umrahmend. Das Make-up war festlich und dezent zugleich. Es war nicht übertrieben, aber sie strahlte dennoch. Sie konnte sich nicht daran erinnern, jemals so gut ausgesehen zu haben. Atemberaubend. Künftig würde sie etwas öfter diesen Service in Anspruch nehmen. Es tat einfach nur gut.

Einer Königin würdig betrat sie den Festsaal des Forts. Der Saal war bereits gut gefüllt, Kerzenhalter an den Wänden und dezentes elektrisches Licht tauchten den Raum in ein schmeichelhaftes Licht, ließen die Konturen weicher erscheinen. Alles wirkte harmonisch und freundlich, sodass man das Gefühl bekommen könnte, dieser Ort sei ein guter Ort. Ein Streicherquartett, überwiegend mit Celli besetzt, spielte harmonisierte Rockmusik. Auf den zahlreichen Stehtischen gab es reichlich Edelsnacks, vieles von den Vorhängen zu den Tischdecken war in weiß gehalten, sogar die Gemälde an den Wänden zeigten helle lichte Bilder. Überall standen gefüllte Sektgläser. Das wenige Personal verhielt sich mehr als dezent und natürlich achtete niemand auf sie.

Ganz in der Nähe erblickte sie Oksana. Es wäre Victoria lieber gewesen, hätte sie erst einmal mit einem Freund sprechen können, doch Oksana zu ignorieren konnte und wollte sie nicht. Die KI hatte offenbar beschlossen, Oksana in rosa rot zu hüllen. Die Kombination ließ sie gleichzeitig zart und taff erscheinen, zupackend und engagiert und empathisch. Eine äußerst gelungene Botschaft für eine Führungskraft. Also setzte Victoria ein freundliches Lächeln auf und ging auf Oksana zu. Weshalb stand sie eigentlich hier allein herum? Wartete sie auf jemanden? Es war kaum davon auszugehen, dass es ihr an Gesprächspartnern mangelte.

Es war vorgesehen, dass jede Person einen Managerposten nur einmal besetzen durfte, doch es gab da bereits eine Gegenbewegung. So oder so würde Oksana kein Problem damit haben, eine andere gute Position zu erhalten. Bis zum nächsten Wechsel waren es auch noch eineinhalb Jahre hin.

»Oksana, wie schön dich zu sehen. Dein Kleid ist atemberaubend. Ich hoffe du vermisst mich ein wenig bei der Ein- und Auswanderungsbürokratie«, wagte sie scherzhaft hinzuzufügen. Kaum hatte Oksana den Sinn des Satzes erfasst, noch bevor ihn Victoria beendet hatte, bildete sich eine winzige Falte zwischen Oksanas Augenbrauen, bevor sie diese wieder glätten konnte und ihrem Gesicht einen entspannten offenen Ausdruck verlieh.

»Natürlich. Randy geht mir ein wenig zur Hand. Das macht es leichter und ich habe gehört, was für ausgezeichnete Arbeit du in der Schule leistest. In einer Arbeitsgemeinschaft über Themen zu diskutieren, die die Schüler*innen interessieren, ist eine ausgezeichnete Idee. Auch wenn du bei dem Pharmathema den Schüler*innen sicher einen etwas freundlicheren Blick hättest vermittelt können. Diese Sparte ist eine der wichtigsten Stützen unserer Gesellschaft. Das muss auch für die Schüler*innen klar sein. Victoria erstarrte innerlich und lockerte ihre Muskeln äußerlich. Sie wurde sogar in der Schule ausspioniert. Sie hatten sie auf dem Radar und vermutlich war sie tatsächlich in Gefahr.

Victoria lächelte: »Natürlich. Es war aber nur ein Randthema. Es ist eine pädagogische Grundhaltung kritisches Denken zu ermöglichen und gleichzeitig abwägende Urteile zu fällen. Diese AG ist ja absichtlich sehr Schüler*innenzentriert gestaltet, mit wenig Input von mir.« Sie verschwieg, dass die Schüler*innen nicht ganz so dumm waren, eine Werbeverkaufsveranstaltung der Pharmaindustrie nicht als solche zu erkennen, und es sicher noch ein paar kritische Informationen gäbe, die sie nicht erhalten hatten.

Als hätte sie ihr eigenes Gefühl in Oksana wiedergefunden, sah sie Oksana erstarren. Es war nur ein Bruchteil einer Sekunde. Was war geschehen? Hatte sie ihr eigenes Erstarren bemerkt? Reagierte da ihre so perfekt antrainierte Scheinempathie? Dann sah sie, es hatte nichts mit ihr zu tun. Beatrix, Oksanas Mutter blieb kurz im Eingang stehen, signalisierte mit einem kurzen Blick denjenigen, die offenbar ebenfalls auf sie gewartet hatten, sie mögen bleiben wo sie sind um sich flotten Schrittes Oksana und Victoria zu nähern.

Wenn sie sich wie eine Königin gefühlt hatte, war Beatrix eine Kaiserin. Victoria wusste natürlich, dass Beatrix die Grand Dame des Inner Circles und damit der Safe Zone war. Aber wie genau sie zu den jüngsten politischen Ereignissen stand, wusste sie nicht. Eine gute Gelegenheit es herauszufinden. Dass sie mit ihrer Tochter nicht ganz einer Meinung war, hatte sie gerade erfahren.

Mit einem mehr als kühlen Lächeln nickte Beatrix ihrer Tochter zu, wandte sich dann zu Victoria, während sich auf dem Weg ihr Lächeln um ein paar Grad aufwärmte. Zuvor waren sie sich nie in dieser Nähe persönlich begegnet. Es gab einfach keine Übereinstimmungen. Wie sie im Moment zu Steff stand, war unklar. Doch, da er sie nicht erwähnt hatte, war das Vertrauen zumindest erschüttert.

»Victoria, wie schön dich endlich mal persönlich kennenzulernen. Ich wollte schon so oft mit dir ein wenig plaudern. Nie hat es sich ergeben und nun ergreife ich die Gelegenheit am Schopf.«

Also noch eine Person, die sie aushorchen wollte. Und das so dringend, dass Beatrix dafür eine ganze Menge Leute weiter auf sie warten ließ. Aber auch sie hatte etwas in Erfahrung zu bringen. Nicht aber in Gegenwart von Oksana.

»Die Freude ist ganz auf meiner Seite. Ich wollte mir gerade einen Drink holen. Vielleicht möchtest du mich begleiten?«

Also ließen sie Oksana mit einer knappen Entschuldigung stehen, um sich eine etwas ruhigere Ecke zu suchen, nachdem sie sich ein jede ein Glas Prosecco mitgenommen hatten. In neun von zehn Gläsern war der Prosecco alkoholfrei. Niemand wusste jedoch, was in welchem Glas war. Und alle schienen diese idiotische Lotterie zu mögen.

Sobald sie sich einigermaßen unbeobachtet fühlten, erstarb beiderseits ihr Lächeln. Sie hatten beide keine Zeit für Small talk, also stellte Beatrix die erste wichtige Frage: »Du bist fast ein Gründungsmitglied, Victoria. Stehst du loyal hinter der Zone?«

Mit fester Stimme erklärte Victoria Beatrix wie sehr sie die Zone liebte, wieviel sie bereit war zu tun, damit sie weiterexistierte. Sie redete eine ganze Weile, ernsthaft und mit klarem Blick. Aber es war nicht genug. Beatrix wollte einen Beweis. Sie sollte ein paar Roboterunterlagen von Dylon fotografieren. Es war schon klar, wohin das führen sollte. Auch Dylon wurde misstraut. Auch er war in Gefahr. Sie wollten wissen, ob sie das Millionengeschäft mit den Für »Was Auch Immer« Robotern ohne ihn stemmen konnten. Vermutlich würde es nicht klappen. Doch – wenn doch was hatten sie dann mit Dylon vor?

Victoria schluckte. Gesagt ist nicht getan. Und Lügen und Misstrauen waren offenbar zum Volkssport geworden, was die Einsätze erhöhte. Nun war sie dran. Auch wenn Beatrix klare Signale gesandt hatte, dass sie gemeinsame Sache mit Josef und den anderen Halunken machte, war Victoria nicht überzeugt. Sie hatte vom Hörensagen schon immer dieses starke Gefühl, Beatrix sei eine von den Guten. Hatte sie sich verändert oder wollte sie Schäden begrenzen? Also stellte sie ihre Frage: »Ich habe lange gezögert das Trolley Dilemma in meinen Aufnahmetest zu integrieren.«

»Du meinst das mit dem Zug, wo man mit der Frage konfrontiert wird, ob man einen Menschen töten sollte, um fünf zu retten?«

»Genau.«

»Nimm sie auf, aber bewerte sie nicht. Schau dir stattdessen an, wie lange die Bewerber*innen für eine Lösung brauchen.«

»Je länger sie brauchen, desto besser ist es.«

»Eine gute Idee«, stimmte Victoria zu.

»Klar, aber länger als vier Minuten dürfen es auch nicht sein.«

»Klar. Entscheidungsschwäche. Was würdest du eigentlich machen?«

Die Frage sollte unschuldig und beiläufig klingen. Sie tat es nicht. Vielleicht war es gut so, denn obgleich Beatrix ihre Antwort sicher parat hatte, zögerte sie. Mit jeder Sekunde ging es Victoria besser. »12, 13, 14, 15 …«, zähle sie innerlich mit und kam tatsächlich bis 46, bis Beatrix sagte: »Ich lege den Hebel um und ich würde mich um die Familie des Toten kümmern.« Beatrix war doch auf ihrer Seite. Nicht nur, aber im Grunde genommen schon. Sie konnte ein ehrliches erleichtertes Lächeln nicht unterdrücken und da war auch eines, wenn auch deutlich verhaltener, in Beatrix Gesicht, bevor sie sich umdrehte, um sich endlich dem wartenden Volk zu widmen.

Jetzt wollte sie sich ein wenig Spaß gönnen, etwas Smalltalk und entspannte Witzeleien, das Fest genießen mit möglichst unbedeutenden Gesprächspartnern. Dann entdeckte sie Mathis. Vor Freude und Schreck hüpfte ihr Herz eine Oktave höher. Sie hatte nicht gewusst, wer ihm die Einladung verschafft hatte, und war ebenso überrascht, dass er überhaupt Interesse zeigte an einer derartigen Veranstaltung. Aber er war da, hatte auch sie entdeckt und lächelte zu ihr herüber. Nichts, gar nichts wollte sie jetzt mehr, als in Mathis Nähe sein, seinen Duft in sich aufzunehmen, seine Stimme in ihren Gehörgang kriechen lassen, wo sie nichts als Wohlgefallen auslösen konnte.

Also schnappte sie sich noch zwei der »vielleicht-vielleicht auch nicht Proseccos« und steuerte auf Mathis zu. Sie wusste, Dylon würde hier sein. Sie wusste, er würde sie beobachten, aber sie konnte sich nicht mehr von diesem Mistkerl beeinflussen lassen. Er hatte schon zu viel Gift in ihre Seele geträufelt. Sie brauchte Mathis Balsam und sie wollte Mathis etwas geben, den letzten Rest am Guten, den sie in sich zusammenkratzen konnte.

»Mathis, ich freue mich dich zu sehen. Wie schön.« Sie wollte ihm einen unverbindlichen Kuss auf die Wange hauchen, weil sie nicht wusste, was er wollte, weil sie nicht wusste, ob er bereit dazu war, sich mit ihr in der Öffentlichkeit zu zeigen, um ihm die Entscheidung zu überlassen. Er nahm sie in den Arm, drückte ihr einen langsamen Kuss auf den Mund, dass Victoria für einen Moment die Augen schloss und alles um sie herum vergaß. Sie konnte ihr Glück kaum fassen. Dieses kostbare Glück.

»Hallo, einer der Entwickler hat mich mitgenommen. Dass du hier bist, hatte ich mir fast schon gedacht.«

»Ja«, lachte Victoria, »ich bin nur hier, weil ich schon so lange in der Zone lebe. Quasi als Gewohnheitsrecht.«

Wie leuchtende Schneebälle ließen sie sich Wortzusammensetzungen zufliegen, immer darauf bedacht, Körperkontakt zu halten. Jetzt wäre es ganz leicht, die Außenwelt auszublenden. Oder mit Mathis zu verschwinden an einen anderen ruhigeren Ort. Bis Mathis mit ernsterer Stimme fragte: »Wie kommst du voran?«

»Oh, ich habe die Nase in etwas Großes gesteckt. Beatrix hat mich auf dem Schirm.« Und dann redete Victoria über den Mord. Sie machte damit alles kaputt und alles heile. Es war richtig, mit Mathis darüber zu sprechen. Jetzt brauchte es einen weiteren Menschen, der es wusste. Mathis war die falsche Person. Aber er war da. Ihm konnte sie vertrauen. Sie gestand ihm ihre Angst, ihren Zwiespalt, dass sie nicht wusste, wie es weitergehen kann.

Aus dem Augenwinkel sah sie Dylon. Natürlich war er hier. Natürlich hatte er sie gesehen und natürlich war er verletzt, obgleich er Charlotte, die wie eine Prinzessin aussah, an der Hand hielt, auf seiner anderen Seite stand Dyson im Smoking, lächelnd und Dylon um ein paar Zentimeter überragend. Er konnte ihr jetzt keine Szene machen und sie konnte ihn einfach ignorieren.

Ihr Blick fand zurück in Mathis Augen. Sie hoffte, er hätte diesen verspannten Muskel in Dylons Rücken nicht gesehen. Dylon hatte er sicher auch wahrgenommen. In Mathis Augen fand sie außer echte Zuneigung auch Bestürzung. Was hatte sie getan? War es nicht unglaublich egoistisch, Mathis in diesen schwarzen Abgrund mithinunterzuziehen? Brachte sie ihn nicht ihn Gefahr, indem sie ihn zum Mitwisser machte?

»Victoria, es ist in Ordnung. Mach dir keine Sorgen um mich. Wir werden gleich eine kleine Auseinandersetzung inszenieren und dann verschwinde ich. Vertrau mir. Aber zuvor muss ich dir noch etwas sagen: Dieser Amerikaner. Er war ein wenig zu neugierig und er war nur ein mittelmäßiger Chemiker. Niemand den wir bräuchten.«

Victoria löste ihre körperliche Verbindung zu Mathias, was schmerzte, spannte ihre Muskeln an, brachte ein wenig Abstand zwischen sich. Mathis ließ seine Augen böse aufblitzen. Ein paar Zentimeter größer werdend zischte er ihr mit rauer Stimme und in genau der richtigen Lautstärke zu: »Vielleicht bin ich konservativ, vielleicht ist das hier doch nicht die richtige Zone für mich. Aber Treue und Loyalität sind extrem wichtig für mich. Überleg dir einfach mal, was du willst, Victoria.«

Ohne dass sie etwas antworten konnte, erschüttert, weil in dieser Darbietung auch Wahrheit steckte, hob sie den Arm in Mathis Richtung, doch sie erreichte ihn nicht mehr. Er hatte sich bereits umgedreht.

Der ganze Raum schien für einen Moment zu verstummen, bevor taktvoll die Gespräche wieder aufgenommen wurden. Dylon trat neben sie, um sie zu schützen, um ihr seine Verbundenheit zu zeigen, um ihr die Peinlichkeit zu ersparen, plötzlich allein dazustehen, aber auch um aller Welt zu demonstrieren, wie recht Mathis hatte. Victoria musste sich zusammenreißen nicht einfach zusammenzusinken, so echt und schmerzhaft war es und sie hätte Dylon am liebsten eine runtergehauen.

Dylon ihr Retter, Dylon ihr Zerstörer. Sie hatte es so satt. Sie hatte all das so satt, aber nun musste sie erst einmal die Choreografie zu Ende spiele. Also richtete sie sich auf: »Dylon, ich brauche ein wenig Abstand.« Nun war sie es, die sich umdrehte, um zu gehen. Sie war jedoch nicht schnell genug, um Dylons Erwiderung nicht mehr zu hören: »Er ist zu gut für Dich, Victoria.«

»Sie hatte einen Fehler gemacht. Sie hatte einen Fehler gemacht« hämmerte es ihr durchs Gehirn. Sie hätte Mathis niemals einweihen dürfen. Sie hätte ihn besser schützen müssen. Es gab jetzt nur einen Menschen, den sie in ihrer Nähe ertragen konnte und der kam gerade auf sie zu.

»Victoria, komm, wir suchen uns eine ruhige Ecke.« Steff nahm sich gleich ein ganzes Tablett mit gefüllten »Entweder-Oder« Prosecco Gläsern und bugsierte Victoria gleichzeitig in einen anderen Raum mit etwas leiserer Musik, Gesprächsecken, weil, wie sich Victoria erinnerte diese Party nicht nur dem Amüsement galt, sondern auch dem Austausch von Informationen, dem Aushecken von Intrigen, dem Fallenstellen, dem Entwerfen von strategischen Plänen über die üblichen Klüngel hinweg. Steff steuerte mit ihr auf einen Strandkorb zu. In einer der hinteren Ecken. Sie war dankbar dafür, dass er ihr weder gut zuredete noch sie ausfragte, was die Auftritte der beiden Herren sollten, er drückte ihr einfach ein »weder noch Prosecco Glas« in die Hand, umhüllte sie mit seiner weisen Gelassenheit und schwieg.

Victoria musste sich sortieren und sich klarmachen, dass gar nichts geschehen war. Es war ja nur ein Trick. Mathis hatte es nicht so gemeint, er wollte sie beide schützen und er mochte sie wirklich. Seine Reaktion zeigte klar, dass diese Gefahr real war. Dass sie hier nun mit Steff zusammensaß, konnte die gegnerische Fraktion nicht erfreuen. Nach ein paar Atemübungen hatte sie sich wieder im Griff. Und endlich spürte sie auch die beruhigende und gleichzeitig anregende Wirkung des Alkohols. Sie musste zwei oder drei Gläser mit dem richtigen Prosecco erwischt haben. Das, was Mathis über den Amerikaner gesagt hatte, drängte sich ins Bewusstsein. »Steff, neulich war ein Amerikaner hier. Ein Chemiker. Dann war er plötzlich wieder weg. Weißt du etwas über ihn?«

»Ein Amerikaner? Die kommen doch nur über den Ozean aus einem nationalen Interesse. Nein, ich habe nichts davon gehört.«

»Wir müssen über dieses Medikament sprechen. Es ist der Schlüssel. Ich habe herausgefunden, dass das Problem des Medikamentes eine dreistündige Amnesie um die Einnahme herum ist. Sie ist offenbar so gut, dass sie den Betreffenden nicht auffällt, Sie denken, sie hätten etwas erlebt. Ihr Gehirn füllt die Lücke mit etwas Logischem, was wirklich passiert sein könnte. Es ist unheimlich.«

Noch während sie sprach fiel es ihr wie Schuppen von den Augen und sie sah in Steffs Gesicht, dass er zu der gleichen Schlussfolgerung gekommen war.

»Es gibt eigentlich zwei Medikamente«, sprach Steff ihre Gedanken aus. »Das Gute und das Böse. Das Gute überwindet Alzheimer und das Böse lässt die Menschen für drei Stunden vergessen, was mit ihnen geschehen ist. Darin steckt eine Menge kriminelle Energie. Menschen können anderen Menschen etwas antun, was sie dann vergessen. Oder sie können selbst etwas vergessen, was sie anderen angetan haben.«

Victortia nickte: »Es lässt Männer Frauen vergewaltigen und sie kommen ungeschoren davon. Oder es lässt Frauen Männer vergewaltigen und sie kommen ungeschoren davon.«

»Wenn das in die Welt kommt, wird sie zu einem schlechteren Ort, selbst wenn Alzheimer besiegt wird.«

»Das muss ihnen doch klar sein« empörte sich Victoria. Und nun fielen auch die restlichen Puzzlestücke ins Bild. »Es ist ihnen klar. Es muss ihnen klar sein«, ergänzte sie »Was hast du da vorhin über die Amerikaner gesagt?«

»Ich sagte, sie handeln in erster Linie wegen ihrer nationalen Interessen. Sie … es war jemand vom CIA. Wenn das CIA das Zeug in die Hände bekommt, ist das wie ein Freifahrtschein für alle dreckigen Dinge, die sie tun. Es muss nur in ein Dreistundenfenster passen.: Folter, Morde, alles ist möglich.«

»Aber der Amerikaner ist wieder weg. Mathis erzähle, er wäre kein besonders guter Chemiker und er hätte eine Menge Fragen gestellt. Und er war ein ziemlich sportlicher Typ. Also mehr als sportlich. Ich habe ihn ja selbst eingebürgert. Jeff hatte ihn in die Zone geholt und Jeff ist nun auch verschwunden. Es muss Streit gegeben haben. Und die Fraktion, die den Gedächtnisfüller nicht verkaufen wollte, hat die Oberhand gewonnen.«

Wieder schien Steff ihre Gedanken gelesen zu haben. »Ich weiß. Unsere Zone würde es einfach nicht zulassen. Sie werden einen Weg finden, diese unerwünschte Nebenwirkung zu eliminieren. Es wird nur noch ein Medikament geben.«

»Das Gute«, ergänzte Victoria, reichte Steff noch ein Glas, trank ihr eigenes und überschlug im Kopf, wieviel Gläser sie noch trinken müsste, um wirklich betrunken zu sein. Den Ärger, den das geben würde, wäre im Vergleich zu ihren übrigen Problemen eher gering.

»Und ich wette, Dylon war mit Jeff befreundet«, lachte Steff, aber es war ein gequältes Lachen. War das eine Warnung? Dass sie nun endgültig mit Dylon brechen musste, weil der vermutlich auch mitten im Sumpf steckte?

Und dann fiel ihr noch etwas ein: Vielleicht war der Tote tatsächlich Jeff, der aber gar nicht zu ihr wollte, sondern zu Dylon. Er hatte ihn woanders nicht auftreiben können, also wollte er es bei ihr versuchen. Dann saß Dylon in der Tat mit im Sumpf. Jeff fühlte sich bedroht, weil er die anderen bedroht hatte. Er wollte an die Amerikaner verkaufen. Er war ein Dickkopf ohne Gewissen. Die anderen mussten ihn stoppen. Aber so? Victoria konnte kaum Mitgefühl für ihn aufbringen und schämte sich dafür.

Steffs Mine verdüsterte sich, woraufhin Victoria ihm ein strahlendes Lächeln schenkte und auch er seinen Gesichtszügen einen freundlicheren Ausdruck gab. Sicher wurden sie beobachtet und falls sie auch belauscht werden würden, musste dieses Gespräch ein entsprechendes Ende finden. Aber - Sie musste Steff noch über ihre Vermutung der Medikamententests informieren: »Es ist ja toll, eine starke Pharma hier vor Ort zu haben. Und wir sind die ersten, die die schönen neuen Produkte ausprobieren können.« Sie schaute Steff etwas länger in die Augen, um sicherzustellen, dass er verstanden hatte, was sie ihm mitzuteilen versuchte. Er hatte es verstanden und wurde noch eine Spur blasser.

»Ja, ich bin schon sehr stolz auf unsere Zone. Es werden die richtigen Entscheidungen getroffen.«

»Ich auch. Wir haben ein wunderbares Zuhause.«

Extra für mögliche Zuhörer plauderten sie im lockeren Ton über vergangene Zeiten. Die moralischen Ideen, die die Zone einst hatte. Die klaren Standpunkte, die jetzt nur allzu oft als Einschränkungen gesehen wurden. Sie kamen richtig in Fahrt, bis das Tablett neben ihnen nur noch leere Gläser trug. »Mal sehen«, dachte Victoria, »ob ich noch gerade gehen kann.«

Auf dem Weg zur Toilette ergänzte sie innerlich einen letzten Gedanken zum Thema. Dann sollte für heute Schluss damit sein: Jeff konnte also nicht der Tote sein. Einen CIA Agenten bringt man nicht um. Niemals.

Beatrix stolzierte an ihr vorbei und raunte ihr zu, sie sollte an die Unterlagen denken. Man hätte sie auf dem Radar. Na, das war ja nicht gerade eine Neuigkeit, aber es zeigte einmal mehr die Verzweiflung.

Ein wenig Luft würde ihr guttun. Der Garten war festlich beleuchtet, ein paar Gäste waren hier, trotz der kühlen Herbstluft, die offenbar den gleichen Gedanken hatten. Sie brauchte den Sauerstoff, wollte aber nicht allein hier draußen gesehen werden. Also ging sie zum hinteren Teil des Hauses. Einfach einen Moment ausruhen, nicht auf der Hut sein und ein wenig von der ungewohnten Menge Alkohol abbauen. Durchatmen.

Zwei Männer standen da im schwachen Licht eines Lampions. Sie kannte beide. Wie Freunde sprachen sie miteinander, wie Vertraute, einander zugeneigt. Victoria war zu weit weg, um zu verstehen, was sie sagten, doch die Körpersprache ließ nur eine Schlussfolgerung zu. Josef und Mathis waren vertraut miteinander. Mathis hatte sie verraten.

Wie automatisiert ging sie rückwärts, unbemerkt, wieder zur Front des Hauses, schaffte es bis zu einer Gartenbank und spürte ihr Herz implodieren, zu feinem Pulver werden. Konnte es nicht auch anders sein? Mathis hatte ja gesagt, er solle sie für Josef aushorchen. Vielleicht hatte er ihm einfach irgendetwas erzählt. Nichts von ihrer Beobachtung.

Doch Beatrix erneuerter Auftrag passte da nur zu gut ins Bild. Mathis hatte sie verraten. Er hatte sie benutzt. Was hatten sie bloß gegen ihn in der Hand, um ihn dazu zu bringen? Es musste etwas Großes sein. Sie hatte sich nicht in seinem Charakter geirrt. Sie konnte sich nicht geirrt haben. Sie haben nicht nur sie gebrochen, sondern auch ihn. Vor allem ihn. In diesem Meer aus Wut mischte sich auch Mitgefühl.

Eine ganze Weile musste sie dort draußen gesessen haben, denn die Körperteile, die der Luft ausgesetzt waren, waren nicht zu spüren. Und dann stand Dylon neben ihr. Ihr Dylon. Der sie zwar betrogen, aber nicht verraten hatte.

»Komm, Victoria, wir gehen.«

Dylon fragte nichts und sagte nichts. Er bugsierte sie vom Gelände weg quer über den schmalen Isthmus zur anderen Seite zum Meer, wo sein kleines Boot lag. Wenn Dylon sie jetzt ins Meer werfen würde, wäre es ihr egal. Er tat es nicht. Stattdessen schob er sie in sein kleines Boot, ließ den Elektromotor an und fuhr los. Ihr wurde etwas wärmer. Victoria bemerkte die Decke, die ihren Körper umhüllte. Nun gab es nichts mehr, was sie hier hielt. Sie würde die Zone verlassen. Sie musste diese Schlangengrube verlassen. Ihr Zuhause, Ihre Heimat, die sich in eine so falsche Richtung entwickelt hatte. Und obwohl Dylon der Einzige war, der jetzt hier war, musste sie auch Dylon verlassen.

Sie gab das Denken wieder auf, ließ sich vom Boot schaukeln, wohin auch immer es sie bringen würde. Dylon schwieg immer noch. Was wusste er? Welche Agenda verfolgte er? Gab es einen Auftrag sie fortzubringen oder hatte er aus eigenem Antrieb gehandelt? Fragen durchstöberten in unregelmäßigen Abständen ihren Kopf, ohne jedoch, dass irgendwas in ihrem Inneren sich um eine Antwort bemühte.

Sie landeten in seiner Werkstattkirche. Das warme Licht, die Sexroboter aufgestellt wie Soldaten in einer Reihe, erinnerten Victoria an Dylons letzte Gemeinheit hier. Er hatte sich ihrer Ängste bedient, als wären es Edelmetalle in einem Berg, sich nicht darum scherend, was mit dem Berg später geschah. Sie hätte es wissen können. Wann hatte Dylon jemals Grenzen respektiert?

Er setzte sie auf das alte Sofa, brachte ihr einen starken Espresso, der sie wieder ein wenig aufweckte. Dylon schaute sie an mit einem weichen Blick, einem Lächeln voller Mitleid, was überhaupt nicht seine Art war. Sie konnte sich nicht vorstellen, dass er empathisch auf den vermutlichen Verrat von Mathis reagierte. Das wäre im Normalfall für ihn eher ein Anlass zur Freude gewesen. Er hätte ihr mitgeteilt, dass er das von Anfang an wusste, mit so einem hübschen Weichei, der so derartig freundlich war, es niemals klappte mit ihr. Sie passte einfach besser zu ihm.

Etwas anderes ging hier vor sich. Aber was?

Tief in ihr, angestachelt von Dylons betretener Mine und den Erlebnissen der Nacht, den Verletzungen durch Dylon, begann sich in ihr ein Funken Wut zu erheben. In Windeseile breitete er sich weiter aus, schien sie immer mehr zu beherrschen und ließ ihren Kopf eine Idee formen, die zumindest Antworten und Erleichterung versprach.

Ein Fragezeichen schlich sich in Dylons bedauernden Blick, als er ihre Veränderung registrierte. Also gut. Dann war es jetzt Zeit ihrer dunklen Seite zu folgen, die schwarzen Instinkte von der Kette zu lassen um zu zerstören, was sie zerstört hatte. Ihre Liebe, ihr Bemühen, es war alles umsonst. Es wurde ihr nicht gedankt, doch wenn sie untergehen würde, zermalmt und zerquetscht von dieser unbarmherzigen Zone, würde sie mit sich reißen, was sie zu fassen bekäme. Und hier war erst einmal Dylon. Ein guter Anfang.

Victoria lächelte. Es war ihr egal, wie falsch es aussehen musste, denn sie war jetzt dran, mit Dylon zu spielen.

»Zieh dich aus«, hauchte sie in seine Richtung, auch wenn es Anstrengung kostete, diese Worte nicht zu brüllen. Auch sie entledigte sich diesem Traum von einem Kleid. Jetzt war es so, als würde sie einen Albtraum abstreifen, was nicht gelang. Den Schmuck und die bessere schwarze, sehr knappe edle Unterwäsche behielt sie an. Dylons bestes Stück reagierte sofort und auch in seinen Gesichtsausdruck mischte sich zum Mitleid Vorfreude. Mit dem grün lackierten Fingernagel strich sie über Dylons Brust hinunter zu seinem Pint und achte darauf, bis dahin einen kräftigen roten Striemen zu hinterlassen. Dylon stöhnte auf, seine Hände zuckten, doch er rührte sie nicht an, wartete auf weitere Befehle. Die sollte er bekommen.

»Auf alle Viere«, herrschte sie ihn an, »und beweg dich«, während sie sich nach etwas umsah, was sich dazu eignete, ihm ein paar Schmerzen zuzufügen. Etwas anderes als ein 50 Zentimeter langes und schmales Holzbrett war nicht in Greifweite. Das würde genügen. Sie probierte es gleich aus und hieb Dylon das Brett über den Hintern, der wieder mit einem Stöhnen reagierte, diesmal vermischt mit einem Schmerzensschrei.

»Etwas schneller, mein Freund.« Ihr Kopf war mit dem Skript nahezu fertig. Sie ließ Dylon noch eine Runde im Kreis traben und trieb ihn dann mit ein paar weiteren Schlägen zur Werkbank. Mit ein paar Kabelbindern fixierte sie ihn, die Beine etwas gespreizt, die Arme neben seinem Körper und sein Gesicht zeigte ein weiteres Gefühl: Schrecken. Die Vorfreude und sogar das Mitleid waren immer noch zu sehen. Letzteres galt es zu ergründen. Mit ein paar Handgriffen stellte sie die Bank so ein, dass Dylons

Kopf sich etwas unterhalb seiner Füße befand. Auch in ihr regte sich jetzt Lust in einer düsteren Ausprägung.

Galant ließ sie sich auf ihn gleiten, nahm seinen Pint für ein paar Sekunden in sich auf, genoss dieses vertraute Gefühl, löste sich wieder. Es war noch lange nicht so weit. Sie musste jetzt das Tempo rausnehmen. Jetzt war es an der Zeit, ein paar Utensilien zusammenzusuchen: Ein Handtuch und einen Eimer mit Wasser. Als Dylon sie sah, übernahm eindeutig der Schrecken seinen Ausdruck, doch bevor er etwas sagen konnte, erhielt er einen langen leidenschaftlichen Kuss. Wieder ließ sie einen Finger über seinen Oberköper gleiten und hinterließ wieder eine rote Strieme. Wieviel das wohl werden würden?

»Ich möchte jetzt alles wissen, was du weißt, Dylon«, leitete Victoria die Session ein, legte das Handtuch über Dylons Gesicht und kippte ein gutes Viertel Wasser aus dem Eimer darüber. Dylon prustete. Victoria entfernte das Handtuch. Sie würde noch viel mehr Wasser brauchen und hier eine ordentliche Sauerei anrichten.

»Was ... was willst du wissen?«

War da ein wenig Panik in seiner Stimme zu hören? Wunderbar.

»Was soll dieser mitleidige Blick, Dylon? Was gibt es zu bemitleiden?«

Zur Motivation folgte die gleiche Prozedur noch einmal. Handtuch aufs Gesicht und ordentlich Wasser darüber. Dylon japste. Als sie das Handtuch wieder wegnahm schaute sie in seine tränennassen Augen. Was solls. Vermutlich war es nur Wasser.

»Mathis ... Mathis. Es tut mir leid. Er war oft mit Josef zusammen. Das ... das tut mir leid.«

»Du bist ein verdammt schlechter Lügner. Das würde dir niemals leidtun. Was hat Josef gegen Mathis in der Hand?«

»Ich … glaube, es ging um einen hohen Posten.«

»Du lügst«, wieder schrie Victoria, »du lügst. Mathis hätte das niemals gemacht. Niemals. Er wollte mich nicht verraten. Nicht Mathis. Nicht für einen Job.«

»Mathis ist ein Fanatiker. Du warst blind, Victoria. Er wollte mit diesen Posten irgendetwas Gutes anstellen … für das Personal. Er hat diese Zweiklassengesellschaft nicht ertragen.«

»Du lügst, du lügst, du lügst.« Aber Dylons Worte wurde mit jedem »Du lügst« immer mehr zu eiskalter Wahrheit. An Mathis kam sie nicht ran. Also musste Dylon für Mathis Verrat büßen.

»Aber auch Mathis war blind. Josef hat leere Versprechungen gemacht. Josef … Josef ist schuld.«

»Du bist schuld« Victorias Stimme war wieder ruhig und klar.

Wieder legte sie das Handtuch auf Dylons Gesicht und dieses Mal ließ sie das restliche Wasser in einem groben Rinnsal dorthin fließen, wo sie seine Nase erkennen konnte. Dylon würgte und verlegte sich nun aufs Betteln. »Hör auf. Bitte hör auf.«

Die Wut hatte sich in eine schwelende Bitterkeit verwandelt, doch die Wut hielt sich parat, um jederzeit wieder auszubrechen. Sie gönnte Dylon eine kleine Pause, weil der Eimer leer war und kümmerte sich mit dem Mund, um seinen inzwischen erschlafften Pint. Sollte er doch sehen, wohin ihn seine verdrehte Sexualität führte. Er allein war für das verantwortlich, was hier gerade geschah. Mistkerl.

Ihr Tun wurde belohnt und Dylon begann wieder zu stöhnen.

War das alles? Victoria musste ihm in die Augen sehen. Nachdem sie das Handtuch entfernt hatte, sah sie, es war noch nicht alles. Ganz und gar nicht.

»Was ist da noch Dylon?« wieder fing sie an, ihren eigenen Satz mehrfach zu wiederholen, auch noch, nachdem sie sich darin erinnert hatte, dass der Wassereimer nun leer war und sie ihn wieder füllen musste, nein wollte. »Was ist da noch Dylon?«

»Was ist da noch Dylon?«

»Ich … ich …« Wieder stotterte Dylon, nur dass dieses Stottern jetzt deutlich undeutlicher wurde.

»Herrgott, sprich laut und klar, Dylon.«

»Ich sollte dich aus dem Boot werfen, ein Unfall. Es sollte wie ein Unfall aussehen.«

Gut, dass sie wieder mit dem vollen Eimer bei Dylon angekommen war. Handtuch aufs Gesicht und nun ein kräftigeres Rinnsal über den Kopf.

Dylon schwieg. Er würgte, er prustete. Aber er sagte nichts mehr.

»Sprich weiter, Dylon«, zischte Victoria, »ich bin ganz Ohr.« Diesmal flog das nasse Handtuch auf den Boden. Pech für Dylon, wenn sich zusätzlich noch etwas Dreck und vielleicht ein paar Glassplitter einsammeln ließen.

»Josef hat mich erpresst«, stotterte Dylon, »er wusste von Franka. Er hat mir gedroht, mich zu verraten. Ich wäre aus der Zone geflogen.«

»Und da schien es dir sinnvoller zu sein, mich umzubringen«, Victoria brüllte, kreischte fast. Ihr Verlangen, Dylon so lange mit Wasser zu übergießen, bis er sich nicht mehr regte, drohte Überhand zu nehmen. Sie war ganz Nemesis – die Rachegöttin. Sie schrie es noch einmal, und schlug ihm hart ins Gesicht, bis sie diese gefährliche Ruhe wieder übernahm. Sie entledigte sich ihres BHs, präsentierte sich.

»Das wolltest du vernichten? Ertränken, wie ein Katzenbaby?«

»Ich wollte nicht. Himmel. Victoria, ich habe es nicht getan, Victoria. Du lebst.«

Also gut. Das stimmte unleugbar. Dafür hatte er sich eine kleine Belohnung verdient. Sie legte sich auf ihn, drückte ihm ihren Busen ins Gesicht, ließ zu, dass er an ihrer Brustwarze zu saugen begann, streichelte sanft sein Haar und ihr Fingernagel machte dich derweil bereit für eine dritte Strieme. Sie ruckelte sich ein wenig zurecht, bis sein Pint in sie eindrang, was sie fast augenblicklich noch mehr besänftigte. Fast wollte sie sich fragen, was sie hier tat, doch sie drängte die Gedanken weg. Weg, weit weg. Ihr Leben war ohnehin zu Ende. Von diesem Schlag würde sie sich niemals erholen. Sie war erledigt. Für einen Moment sehnte sie sich danach, Dylon hätte seinen Plan ausgeführt. Dann müsste sie sich selbst jetzt nicht ertragen.

Sie bewegte dieses vertraute Stück Fleisch in sich. In aller Ruhe.

»Es reicht, Victoria«, mach mich los. Bitte. Ich liebe Dich. Ich hätte dir niemals etwas angetan.«

Fast hätte Victoria gelacht. Er hatte ihr schon so viel angetan, dass es ohnehin bis zum Töten nicht mehr weit war. Und jetzt erkannte sie in seinen Augen, sogar ohne ihn anzusehen, dass auch sie eine Grenze überschritten hatte. Sie spürte seine Bereitschaft, sie zu töten. Vorhin nicht. Jetzt schon.

Sie war versucht, die Kabelbinder zu überprüfen, beherrschte sich aber.

»Wie hättest du jemals damit gelebt, mich umgebracht zu haben?« fragte Victoria laut, auch wenn sie die Frage eigentlich nur hatte denken wollen. Doch sie bekam eine Antwort: »Er … er hat mir das verfluchte Medikament gegeben. Er sagte ich hätte eineinhalb Stunden vorher und nachher. Es würde wirken wie ein Stein, den man in einen Teich wirft. Gleichmäßig eine Amnesie in Vergangenheit und Zukunft vom Augenblick der Einnahme.« In Victorias Gehirn rutschte ein weiteres Puzzleteil an seinen Platz. Aber – das war jetzt egal.

»Du hast das Medikament genommen, damit du dich nicht daran erinnern musst mich umgebracht zu haben!«. Jetzt war es Victoria der die Luft wegblieb, die sich fühle, als würde sie ersticken.

»Natürlich auch, damit ich durch die Verhöre komme, wenn sie dich gefunden hätten. Jeder hat gesehen, dass wir gemeinsam das Fest verlassen haben. Josef hat vor der Injektion immer wiederholt: Das mit Victoria war ein Unfall.«

Diese Aussage ließ Victoria wieder deutlich wacher werden. Wieviel Zeit war vergangen? Josef musste doch inzwischen erfahren haben, dass der Mordplan nicht geklappt hatte. Weshalb war noch niemand hier und brachte das zu Ende, was Dylon tun sollte.

Es war besser, zu verschwinden. Ganz zu verschwinden. Raus aus der Zone mit Dylons Boot. Mit ein paar kräftigen Hüftbewegungen verschaffte sie sich und zu ihrem Bedauern auch Dylon einen Orgasmus und erhob sich.

»Mach mich los«, sagte Dylon wieder. Es klang matt.

»Ich kann nicht, mein Lieber, ich kann nicht. Ich kenne dich zu gut, auch wenn es eine verlockende Alternative wäre. Aber ich muss verschwinden. Und ich bin froh darüber, dass du das alles hier vergessen wirst. Du wirst mich als deine freundliche, sexy Noch-Ehefrau in Erinnerung behalten. Und ich hoffe, ich werde dich niemals wiedersehen.«

27.

Bevor Victoria überlegen konnte, wie sie nach Hause gelangen konnte, um rasch noch ein paar Sachen einzupacken, traten eine Frau und ein Mann aus dem Schatten der Kirche: »Victoria, bitte folge uns. Du hast gegen die Zonengesetze verstoßen.«

»Wie, welche Zonengesetze?« fragte sie, obgleich sie wusste, dass sie keine Antwort erhalten würde und auch ein Protest keinen Sinn machte.

»Das klären wir gleich.«

Sie folgte. Was blieb ihr auch anderes übrig, wieder zurück zum Fort de Penthièvre. Als sie, nach wie vor in ihrem traumhaft schönen grünen Kleid, was sie sich wieder angezogen hatte, da sie sich nicht dazu durchringen konnte, es einfach bei Dylon zurückzulassen, wieder das Gelände betrat wurde ihr klar, als sie das letzte Mal das Gleiche tat, als ihre Welt noch weitgehend in Ordnung war. Da hatte sie noch Hoffnung, es würde alles gut werden. Da hatte sie Mathis noch geliebt und Dylon irgendwie auch und diese Zone, die sie nun auszuspeien schien wie Gift.

Sie hatte Angst, aber sie war nicht so stark. Wenn jemand sie hätte umbringen wollen, würden sie sie nicht in die Sicherheitszentrale bringen. Das hätten sie ohne diesen Umweg erledigt. Obwohl sie durch einen anderen Eingang als zuvor ins Gebäude gelangten, konnte sie hier und da noch ein paar Überbleibsel von der Party entdecken. Hier ein Glas, dort ein paar erloschene Lampions, ein paar Kleidungsstücke.

Victoria wurde in einen Raum gebracht, der sie stark an ein Verhörzimmer von Kriminalfilmen erinnerte. Vermutlich war es das auch. Ein Tisch, zwei Stühle, stabiler Bauart, kein Fenster, graue Wände. Wer hatte so etwas genehmigt? Sie setzte sich. Kurz darauf kam eine Frau durch die Tür, gekleidet in einem dunklen, etwas abgetragenem Kostüm, kurzes Haar, nur sehr dezent geschminkt, exakt platzierte Bewegungen und durchtrainiert, in der Hand ein Wasserglas, welches sie vor Victoria hinstellte.

»Victoria Licht«, begann die Frau mit fester Stimme, »dir wird vorgeworfen Dylon Licht gefoltert zu haben. Das ist in dieser Zone verboten.«

Fast hätte Victoria gelacht. Selbst wenn sie Dylon getötet hätte, würde er sie niemals anzeigen. Es war ihr Spiel. Sicher sie war heute über eine Grenze gegangen, aber das ginge niemanden außer ihnen etwas an. Sie vermutete einer der an der Wand stehenden Roboter hatte ihr Treiben aufgezeichnet. Sie hätte daran denken müssen, aber nun war es zu spät.

»Außerdem«, fuhr die Frau fort, »wird dir vorgeworfen illegale Alkoholproduktion unterstützt zu haben. Auch dieses Vergehen ist schwerwiegend. «

Victoria wollte antworten, sich verteidigen, die Sachen zurechtrücken, doch die Frau ließ es nicht zu. »Das war eine Information«, stellte sie klar. »Es ist keine Antwort notwendig. Wir klären das weitere Vorgehen ab. So lange bleibst du hier.«

Nun wurde sie in einen ebenfalls fensterlosen Raum geführt, die Tür wurde abgeschlossen. Ein Lächeln huschte über Victorias Gesicht. Sie selber hatte sich damals dafür eingesetzt, dass es zwar eine Arrestzelle geben sollte, diese aber freundlich einzurichten war. Die Wände waren in einem samtenen hellblau gehalten mit darauf gemalten Vögeln, die auf Zweigen saßen oder durch den Himmel flogen, es gab ein einfaches Bett, einen Sessel, in einem etwas abgetrennten Bereich eine Toilette und ein Waschbecken. Hübsch.

Als sie, sich auf der weichen Pritsche ausgestreckt hatte, gelang es, ihre Situation zu analysieren. Es war ein Patt. Sie hatten letztlich nichts Strafrechtliches gegen sie in der Hand. Von Dylon würde keine Anzeige kommen und da würde er auch ziemlich in Erklärungsnot geraten. Dieser ganze Foltervorwurf war natürlich haltlos. Auch der Vorwurf der Mitwisserschaft der illegalen Schnapsbrennerei brachte in Frankreich höchstens eine Geldstrafe ein.

Aber – auch sie hatte letztlich nichts in der Hand. Sie hatte keinen Beweis für den Mord. Es gab keinen Toten. Es war nicht einmal ganz sicher, dass es Henning war. Die widersprüchlichen Informationen, Henning wäre in Deutschland und Henning wird vermisst, vermutlich ein Seeunfall kannte sie nur vom Hörensagen. Sie musste schon viel überzeugen, um einen Ermittler zum Nachforschen zu bewegen. Sie hatte keinerlei Beweise für eine illegale Medikamententestung. Die problematischen Nebenwirkungen waren nicht geheim. Zum ersten Mal seit Wochen fühlte sich Victoria sicher und schlief ein.

Sehr lange konnte sie nicht geschlafen haben, aber tief. Ein Mann hatte sie an die Schulter gefasst und sie sacht aus dem Schlaf gerüttelt. Diese freundliche Berührung wirkte unerwartet tröstend, doch sie musste sofort die Assoziation, der Letzten dieser Art, verdrängen. Jetzt durfte sie nicht von dieser Schmerzwelle überrollt werden. Noch musste sie ihre jahrelang eingeübte Gefühlskontrolle, die Ordnung ihrer Gesichtszüge, ihren tadellosen elitären Habitus aufrechterhalten, bevor sie endlich loslassen könnte, sich ihrem Elend hingeben könnte, wie seit gut zehn Jahren nicht mehr. Auf einem Stuhl lag schlichte Baumwollunterwäsche und ein grauer Jogginganzug. Es tat gut das Kleid abzustreifen, doch die Erinnerungen an letzte Nacht ließen sich nicht entfernen. Niemand hatte ihr die »Vergiss es und bleib froh« Tropfen gegeben.

Der Raum in den sie nun geführt wurde hatte Fenster. Man konnte aufs Meer hinausschauen und Victoria nahm das als gutes Zeichen. Eine Frau betrat den Raum, nahm sich nicht die Zeit auf den Stuhl gegenüber Platz zu nehmen.

»Du wirst mit sofortiger Wirkung der Zone verwiesen. Dein Privatvermögen wird dir abzüglich Schadenersatzforderungen und Bußgeldern auf dein Konto überwiesen. Ein Teil deiner persönlichen Sachen wird dir überstellt, sobald du eine Meldeadresse hast.«

Die Frau, die sich nicht vorgestellt hatte, verschwand so rasch, wie sie gekommen war. Wieder ein Raumwechsel. Diesmal wurde sie von einer Frau im weißen Kittel erwartet, eine Ärztin, obgleich hier kaum eine Ärztin noch weiße Kittel trug. Sollte sie ihr Vertrauen einflößen?

Sie prokelte ihr den Chip aus dem Arm und verband die Wunde mehr schlecht als recht. Ein scheues Gefühl des Freiseins mischte sich in das Meer an Enttäuschungen, Leid, Wut und Schmerzen.

Der Mann, der sie geweckt hatte und die Frau von letzter Nacht nahmen sie nach der Prozedur wieder in Empfang. Es ging nach draußen zur Bootsanlegestelle. Schweigend bestiegen sie ein unauffälliges kleines Motorboot, was gerade genug Platz für sie Drei bot. Gleich würde sich entscheiden, ob sie doch beschlossen hatten sie umzubringen, sie im Meer zu versenken, weil sie ihr vielleicht doch zutrauten die Zone zu gefährden. Doch – wenn sie das täten, wäre die Zone sogar mehr gefährdet als durch sie. Durch ihre eigene Skrupellosigkeit. Es musste ihnen klar sein. Es musste ihnen klar sein.

Ruhig glitt das Boot über die See. Es war ein windstiller, wolkenverhangener Tag voller frischer Luft. Niemand sprach. Niemand bewegte sich. Das Ufer des Festlandes kam immer näher. Sie würde weiterleben. Eine Spur Enttäuschung mischte sich in die Freude am Leben zu sein und am Leben zu bleiben. Kurz bevor sie den Steg erreichten, schob ihr der Mann einen Umschlag zu. Sie bedankte sich nicht. Auch ihre Begleiter sprachen nicht, als sie das Boot festmachten, schauten sie, ob sie in der Lage war eigenständig aus dem Boot zu steigen.

Eine ganze Weile musste sie am Ufer gestanden haben. Das Boot war schon nicht mehr zu sehen. Sie starrte auf die Insel, die die letzten zehn Jahre ihre Heimat gewesen war. Es war mehr als ihre Heimat. Es war ihr Leben gewesen, so eng verwoben mit ihrer Identität, dass sie gute neun Jahre in Harmonie gelebt hatte, in der Überzeugung das Richtige zu tun, auf die richtige Weise zu leben und als Vorbild der ganzen Welt zu dienen. Es würde den Menschen zu mehr Glück verhelfen, Hunger und Kriege würden der Vergangenheit angehören.

Sie hoffte so sehr, dieser Mord, den sie beobachtet hatte und der sie ins Unglück gestürzt hatte, wäre nur ein Stolpern gewesen. Sie hoffte, die Zone würde sich wieder fangen und zurückkehren zum Richtigen. Sie lebte und das zeigte zumindest, dass das möglich war. Dort drüben würde es weitergehen. Aber – nicht für sie. Für sie war es nun Zeit ein neues Leben zu beginnen. Also wandte sie sich endlich ab, drehte der Safe-Zone den Rücken zu, in sich mit allen möglichen Gefühlen die ein Mensch fühlen konnte. Immerhin war auch so etwas wie Freiheit, Freude und Hoffnung dabei.

Ich danke Anja Marita Müller, Jens Runksmeier, Jo B. für das Korrekturlesen und die hilfreichen Kommentare, den vielen Freunden und meiner Tochter, die testgelesen haben oder bei der Ausgestaltung der Zone oder bei speziellen Fragen geholfen haben.